诗收获

2020年/冬之卷

李少君

雷平阳

主　编

长江出版传媒

长江文艺出版社

诗收获

2020年/冬之卷

编委会

主　办：长江诗歌出版中心 中国诗歌网

编委会主任：吉狄马加
编委会（以姓氏笔画为序）：

吉狄马加　　朱燕玲　刘　川　刘　汀　刘洁岷
江　离　　　李　云　李少君　李寂荡　吴思敬
谷　禾　　　沉　河　张　尔　张执浩　林　莽
金石开　　　周庆荣　郑小琼　胡　弦　泉　子
娜仁琪琪格　高　兴　黄礼孩　黄　斌　龚学敏
梁　平　　　彭惊宇　敬文东　谢克强　雷平阳
臧　棣　　　潘红莉　潘洗尘　霍俊明

主　编：李少君　雷平阳
副主编：霍俊明　金石开　沉　河
编辑部主任：黄　斌
编　辑：一　行　王单单　王家铭　戴潍娜　谈　骁
编　务：胡　璇　王成晨

一时走神，把车开到了左转道上。左转，上了一条土路。在坑坑洼洼、丢满残砖破瓷的路面上跑了一百米左右，眼前就是一座伸入湖泊的半岛，被挖掘机击垮的一座座房屋尚未清理，从倾斜的墙壁之间或变形的窗洞往里看，黄昏的湖泊波光闪闪，金色的海鸥就像是从喷薄的火山口往外飞。废墟的上面，天空的弧形因为张牙舞爪的钢筋、横梁的断头、风中啪啪作响的锌皮而显得在变形的过程中缺少法度，几棵来不及砍伐的巨桉绷紧了躯干与枝叶，想撑住什么，它们之上却又空无一物。我把车停在没有拆毁的龙王庙门前，读了一遍重修龙王庙功德碑上的名录，索性登上庙旁的高台，坐到了一个消防水缸上。虚无主义开始折磨着我——湖面上的光团和翅膀，甚至水，作为客观存在却丧失了强制性记忆的品质，消失得比风还迅速，我所直视的湖泊几乎在转瞬之间就变得漆黑一片。现在，没有像存在一样在目光里消失的东西只剩下声音，而且是龙王的蛙叫、水浪的夜蝉、废墟的钟鸣，以及一个老头低吟不能说明问题的诗作时不安的叹息。没有侘寂可言，我仿佛夹在了反复拍打湖面的那一张张锌皮中间，或作为影子，挂在了某一棵桉树上。

雷平阳

2021 年 1 月　昆明

诗收获

2020年冬之卷

目录

推荐

中国诗歌网作品精选

评论与随笔

季度观察

《对话》，83cm×112cm，入选全国首届水粉画大展

季度诗人

姚风诗选

／ 姚风

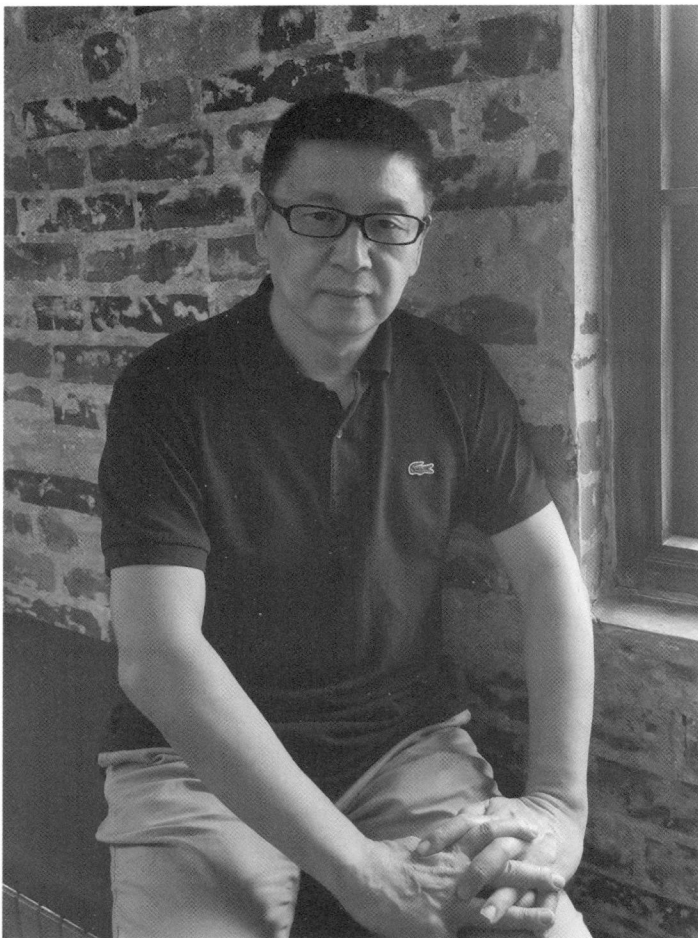

　　姚风，著有《黑夜和我一起躺下》《枯枝上的敌人》《厌倦语法的词语》《大海上的柠檬》《不写也是写的一部分》等中葡文诗集、《中葡文学交流史》等学术著作以及《在水中热爱火焰》《未来是一个清晨》等译著。曾获"柔刚诗歌奖""昌耀诗歌奖""澳门文学奖"等奖项以及葡萄牙总统颁授的"圣地亚哥宝剑勋章"。

新年诗

风领着一千匹狼在呼啸
群山以树的姿态在摇晃

我倾听着时间的凯旋
却无法像一个逃兵那样
向后退却
哪怕一分一秒也不行
我只能畏葸前行

在欢庆新年的广场上
刑场早已布置完毕
刽子手持大刀
奉命守候在那里
一俟新年的钟声响起
他就会砍掉我现在的头颅

而我的新生
是长出新的头颅

为你孤寂的人生带来什么

以一只狗，或者一只猫为伴
你的生命
会发生什么变化？

你可以继续学习爱
爱一个人
也爱一只动物

也许好好爱一只动物
会让你更好地爱一个人
也许从动物那里
你会思考
人类社会学的问题
你会思考人类的易变和背叛

别像高等动物那样
总想着是你养活了
一只狗，一只猫
你要心怀感恩
想想它们把整个生命献给你
会为你孤寂的人生带来什么？

窗上的雨

每一滴雨，都像一个孩子
脸紧贴在玻璃上
向我张望
并留下晶莹的符语
我不懂得翻译
但从你们的每一张脸上
都看到了仁慈
我焦渴的唇间
有水流过

清明感怀（节选）

4

山坡上的一排排墓碑
像一群坐着的人

眺望着大海

海上有船
我自大海而来

5

又一次来到墓地
拉开抽屉
从里面拿出镜子

再一次
看一看映出的两张脸

6

我来到了海边
我喜欢
这巨大的游泳池
这清澈的水晶棺

8

我很少去墓地祭奠
我怀念的人
他们的墓在我心里

9

凭窗望去
大街上依旧人头攒动
看不出有谁死去

真实的大街像是虚构

10

墓地的租约为五十年
还有八年就到期了
死也是不自由的
大地也并非免费

无题

每一艘航行的船的下面
都有无数艘沉船

每一朵飞过的云都在用遗忘
写下一个地址

每一只狗都以没有原则的忠诚
关心着人的孤独

每一个人都必须通过他人
来辨认自己

我看到的我
不是我，也不是你

每一个人都是笼子

鸟儿向着我的方向飞来
但没有栖落在我的肩头
或者头顶
哪怕我安静得像一块石头

坐在河边的长椅上

它们知道我不是一棵树
不是一块石头

除非我是一尊死者的雕像
它们会在上面停留
留下粪便，甚至筑巢

鸟儿并不亲近人类
在它们眼里
每一个人都是一个笼子

云

绝不是羊群
没有谁可以放牧你

作为天空的主人
你只会自由地奔走和书写

你的字典里
没有"边界"这个词语

你写下瞬息万变的文字
告诉我须臾的意义

你让我倾听蔚蓝的空无
只有空无才会让我安静下来

你以雷鸣和闪电
反复告诫我人间尚存的不公和苦难

你铺开洁白的桌布
呼唤已进入天堂的人与众神共进晚餐

你化为一滴水来到我的舌尖
叫我的感恩之心不要枯竭

你推开窗子
在我虚无的四壁上画满你的肖像

终点

一辆灵车在大街上
缓缓前行
好似对人世依依不舍

一辆警车警笛呼啸
闯过一个个红灯
直奔命案现场

一辆救护车红灯闪烁
像是飞溅的血
一颗心脏即将停止跳动

一辆公共汽车抵达了终点
一个乘客拒绝下车
说他的终点是乌托邦

沙漠的拒绝

沙漠的存在，本身就是漠然
就是浩大的拒绝

拒绝河流，拒绝被大海统治
拒绝一棵棵树木生长
然后被砍掉

拒绝人类，但用最干净的手
洗净他们无法带回的尸骨

拒绝与不需要一样
已经越来越稀少

骆驼并不需要人类
但它不会拒绝
它跪了下来
任人们把绳索穿进了鼻孔

抽烟的玛丽

我们说起了保罗
这个决绝的男人
三十年前离开了我们
准确地说，离开了玛丽
至今杳无音讯

三十年前的一个夜晚
他和妻子玛丽用完晚餐
开始一根根抽烟
他捻灭最后一个烟蒂
起身说："亲爱的，我去街角买包烟！"
说罢，他推门走进了夜色
再也没有回来

玛丽从此也开始抽烟
她终于戒掉了那个男人

梦中英雄

夕阳在消失前
拉满弓，把月亮射入天空

与和平里北街的老人们一起
我也在暮色中退去
早早回到床上
不为别的
只为把睡眠放进夜的中心
一整日于纷乱的人群里奔走
叫我身心疲累

睡眠并不安稳
我被赶入一个梦境
几个不穿制服的人
把我关进一间没有窗子的房间
严刑拷打
而我不知道因何获罪
我咬紧牙关，辩解自己清白
直到无法忍受的折磨
让我从梦中醒来

在梦中，我是如此勇敢
大义凛然
像革命小说描写的英雄

但梦还是醒了
窗外，月亮更加晶莹

像一只羊
啃吃着身边黑夜的草

扬州望月

一个年轻的母亲
怀抱着孩子
伫立在清冷的巷口
眺望着暮色深处

明月高悬
但它是从人开始的
它是一笔债务
为了偿还
必须期待它的又一次盈满
必须叫孩子知道它的必需和无用
必须等到离家的人彻底归来

蓝鸟
——为何多苓同名画作配诗

你想到了什么?
一只鸟,蓝色的小心脏
扑棱着翅膀,飞出你的身体,
它要飞到哪里?

天空没有云,地平线白茫茫,
冬天的后面未必是春天……

你闭上了眼睛,但还会睁开,
那只鸟还会回来……

你伸出的手指
像树枝，等待着叶子……

泸州

我和骆家夫妇去看长江和沱江
没有带水桶，也没有看见鱼
只看见很多人
我们加入其中，让很多人变得更多
江鸥俯冲，飞向人们手中的食物
它们习惯了人类
我们习惯了大江免费的馈赠

一个少年躺在河岸
摘下眼镜，把世界存入眼帘后的黑夜
只有睡梦是他自己的
把他照拂
大江东流，一滴也没有停留

"让诗酒温暖每一个人"
不善饮的人是孤单的，我无法
看到另一个自己
长江在左边，沱江在右边
在两江的交汇处
我勾兑自己的泸州老窖

我饮故我在

酒，无法解决任何问题
但可以搁置
在水中点火，一阵灼热
鱼群游向更深处

一次次举起杯盏，一面白旗
时光的难民在原地抵达了彼岸
地平线消失了
笼子长出翅膀，飞向了天空
天地如此辽阔

我饮故我在
岂能辜负明月与大海的欢舞
登临至六十五度的桅杆
我们才不是异乡人

不为欢庆，只为唤醒遗忘
——这人类的本性
在纯粹与晶莹中忘记
把爱情与死亡拧在一起的
一个个"然而"和"但是"

暮晚

看不见河底的石头
看不见肉体里的骨头

大江流过
把我留在岸边

我也从我的肉体流过
人只是一个过程

落日渗过绷带
天空跪了下来

黑夜的同谋举起欢庆的酒杯
急促的呼吸扑棱着翅膀

自由

强迫植物在花盆里畸形生长
用链子拴住狗
用缰绳羁勒奔跑的马
把鸟的天空装进笼子
把鱼放进鱼缸
把花草修剪成我们希望的形状
把动物关进动物园

只有通过对万物的限制和禁锢
我们才感受到我们的自由

问题

篮子里有一个鸡蛋
篮子里有一个鹅蛋

鹅蛋比鸡蛋大
但问题不是蛋的大小

问题是鸡蛋就是鸡蛋
鹅蛋就是鹅蛋

问题是一个鸡蛋
如何孵出一只天鹅

杨树

人人都在赞美橡树
但在致橡树之前
我突然想到了一棵杨树

诗人

作为一个诗人
我在黑夜看见更多的星辰
我在清晨看见更多的花朵
我在人群中看见了人

沙与漠

1

我松开手
手里没有一粒沙子
只有沙漠

2

沙漠不是失败
打开的书，只有骨骸
没有尽头

3

只有人是人的尽头

为了抵达
必须走向神
必须在石窟凿亮黑暗

4

我六十年的眼睛
装不下这无边的荒凉
因此我欢喜
尽管明天我还要退回
那张悬在四十三层楼的床上

5

太阳在葡萄干里
张开甜甜的嘴唇

我也张开嘴唇
向卖葡萄干的老汉
要了一杯水

6

用沙子
往身体里装满沙子

身体微不足道
只是皮囊

7

谁是我?

你走到神的面前
静默里
有无限而唯一的回答

在无限的石头里
你捡到一块你的石头

8

没有见到一只吃草的羊
每天的早餐：一碗羊肉泡馍

菜谱上的烤全羊：1473 元
你说：贵了

9

莫高窟里的未来佛说
在极乐世界
人人可活到八万四千岁

我骤然想起
早晨忘了吃药

10

佛陀一次次躺下来
只为看见
人是否还站在他的身边

11

没有水
那就啜饮眼泪
而眼泪舍不得流下来

被蒸发的悲伤
甚至找不到天上的云

12

到处都是光
我无法躲进我的阴影

没有黑夜
太阳就是暴君

13

我矮了下来
让夕阳代替我的头颅

最后的燃烧中
有灰烬和一个清晨

14

我们去了玉门关
走在我们前面的
有王之涣、霍去病、班超……

没有人记得还有姚金贵

他既不是诗人，也不是将军
他只是戍边的士卒

15

你告诉我一个秘密
所有的鱼都闭上了眼睛

或者说
每一粒沙子都有沙漠

16

从飞机的舷窗俯视
群山仍在奔跑

你们依旧年少
浑身披着一层新雪

17

走进沙漠深处
就戴上了最辽阔的镣铐

关押空无的看守
有一张看不尽的脸

18

没有墓地
也不知墓碑为何物

或许我们
就是正在行走的墓碑

19

沙漠的无用是敌人吗?
在我居住的城市
建筑工地的沙子又涨价了

20

每一颗沙粒,每一块石头
都是不一样的
沙漠不屑抄袭自己

21

我爱这些枯黄的草
也更加相信那些不存在的花朵

戴着眼罩的天使
——阅张小涛画集有感

蚂蚁:蚂蚁大军汹涌向前,前面的领导者是食物,是掌有食物的那只手。

腐烂:草莓在腐烂,我们也在腐烂,只有很少的灵魂从腐烂中重新飞回枝叶。

老鼠:有人类的地方就有老鼠,有老鼠的地方就有人类。

壁虎:不是虎,它只能用断掉的尾巴抵抗。

梦境:梦是一把火,炙烤着黑夜烤架上的飞鸟。

垃圾：我们把垃圾丢进垃圾站，同时把很多的垃圾留在身上，我们不知道它是垃圾。

垃圾山：垃圾越堆越高，在上面栽上迎客松吧，云正在从黄山那边飘来。

牡丹亭：牡丹亭是免费的，卖艺和卖身八折优惠。

注射器：我用注射器打落了一架飞机，因为听说上面没有你。

鱼缸：我在鱼缸里深呼吸，吸干了水，留下了花和鱼。

快乐：两条鱼在安全套中戏水——我们橡胶质的欲仙欲死。

发情期：如果上帝改变了主意，让人类不再如此进化，不再随时随地发情，那么上帝的工作是否变得轻松？

电梯：我命令双腿走楼梯，命令双手在墙上画了一部电梯。

礼物：戴着眼罩的天使给我送来天堂的礼物，我却没有勇气打开。

痕迹：血的痕迹只能用血抹掉。

王：顾左右而言他

/ 向卫国

　　姚风诗歌写作始终坚持的几个基本原则：一、绝不无的放矢；二、绝不故弄玄虚；三、绝不平铺直叙：批判却不乏机智，反讽却显出幽默，深情却另有含义。当然，这只是我个人对其诗歌的总结，说出来，也是向其他读者求教或交流，因为我知道姚风的诗歌"粉丝"也是蛮多的。

　　姚风出生于北京，中国历史和文化的一个代表性符号"长城"，自然就很可能是他个人所难以释怀的一个重要的历史观察点，《长城随想》就成为姚风诗歌中很罕见的一首小长诗（他的诗歌基本都是精短之作）："长城，长城啊／越筑越高，越筑越长／但为什么家园却越来越远？"简单一问，细思极恐，长城的确是一种守护，由千百万人的血肉筑成，但它所守护的果真是修建长城的那些人的家园吗？它带来的平安是所有人的平安的吗？诗的文字都极其简单明了，但若细品其中深藏的逻辑，却是直白中有曲折，浅显后有隐微。

　　姚风诗歌的锋芒并不只是外向的，很多时候，他也把审视的目光转向自我的内部。《养狮记》就是一首典型的自我批判之作，诗歌仿佛一块内窥镜，探入到自我的身体内部进行观察和检视：原本"我的身体内有一头狮子"，但是，当我"每天拉它出来散步／让它保留一点原始的野性／但它只是耷拉着头／跟随在我的身后／它已没有猎杀的冲动"。这样一头只要一声怒吼就可以让百兽胆寒的森林之王，是如何"习惯了吃超市的狗粮"的呢？我们可以把它归罪于某种特殊的文化和现实的体制，但豢养着这头"狮子"的自我，就没有任何责任吗？如果要追问其中的根由，诗人的另一首诗或许已经给出了答案：

我们只是树

低矮的树

无法奔跑的树

我们把斧头的光芒认作阳光

向着它生长

树枝和树冠这么矮

我们无法越过监狱的铁丝网

也无法越过自己给自己垒筑的高墙

——《众树低吟》

"把斧头的光芒认作阳光",这是多么可怕的误会！我们早已在某种东西的引导之下,"自己给自己垒筑了高墙",舒服地、惬意地待在里面,将身体和思想一并监禁起来了。难怪我们总是自动地伸出脖子,任人以各种方式宰割而不自知。

姚风诗歌的另一可贵之处在于,他并不只是用语言对虚假的崇高、虚伪的自我、虚饰的现实进行解构和摧毁,他同时也在泥淖中挣扎,在绝望中反抗,在毁灭中建设,尽己所能地致力于自我的重构、生命的重塑、信仰的重立。

我不想再这样生活了

谁给我一杯鲜榨胆汁吧

老虎的

或者狮子的

——《鲜榨胆汁》

他要唤回体内的那头被驯化的狮子,显然这是重新做人的唯一希望。但要做到这一点并不容易,不仅需要勇气和力量,还要有经验和智慧,因为这必定是一场鲁迅先生所说的持久而"韧性的战斗"。其力量也许只能来自两个方面:信仰和爱。所以,姚风总是在不同的时间和场合重申这两点。

太阳脱掉夕阳

再次升起

我醒来了

……

我再次开始行走

沿着这条崎岖之路

卸掉骨头里的枷锁

走出山海关

走向自由的大海

我要和大海一起升起

这是《长城随想》的最后一节。如果不了解姚风诗歌的总体风貌，也许一般的读者会将其视为一种无谓的浪漫主义式的宣言。其实不是，这是个体生命在血污之中漫长的挣扎和自我觉"醒"的开始，"卸掉骨头里的枷锁"绝非那么容易。但另一方面，信仰的实现也不能一味地鲁莽，需要机智的迂回和日常化的渗透，姚风的诗在某些时候正是以一种少见的智慧和耐心给人以正面的引导。

显然，对于诗歌的内行读者来说，姚风的诗是容易读懂的，他对于自己言说的主题从来不会含糊其词。但一般认为，诗歌不是应该含蓄、内敛、复杂、隐晦吗？如此，姚风的诗歌是否算得上优秀和高级？我的回答是肯定的，斩钉截铁的。姚风诗歌的高级在于保持语言的自然、鲜活、易懂的同时，却又精通于一种"顾左右而言他"的主体 / 主题挪移之术。

诗歌艺术，总体来说都是"顾左右而言他"的语言艺术，但具体方法却有不同。多数诗歌借重于象征性的修辞，诸如隐喻、比拟之类；但姚风诗歌并不以此为重（虽然也不回避象征和隐喻），他更多地采用了直接的转移术：通过并列性的对比和联想，偷换诗歌的主体。此处所谓诗歌的主体，是指诗歌所陈述、指涉、评说的主要对象。姚风的诗，经常同时存在两个主体，在诗的进行中，通过"顾左右"而"言他"，同时实现主体和主题的双重转移。以实例来说，《鲁迅》一诗，如题所示，鲁迅应为诗的主体，其实不是，诗到第三节即"顾左右"而将主体转移到了阿 Q 身上：鲁迅死了，但阿 Q 还活着。而且，真正可怕的，不是鲁迅死了，而是阿 Q 活着。如果进一步问，阿 Q 是谁？真相会更加可怕。由此，主体转移，也就顺利实现了主题转移：由鲁迅之死转移到普遍存在的阿 Q 之活的历史真相。

《众树低吟》是更具有典型意义的一首诗。既以"众树"为题，若望文生义，"众树"即芸芸众生即"我们"，应该是诗歌的主体。因此，诗歌大部分的篇幅也的确是在状写"众树－我们"的低矮——暗示其低微、低贱？——靠着自觉或不自觉地"把斧头的光芒认作阳光"而生存，就更加谈不上有勇气和能力冲破外在－他设、内在－自垒的双重"高墙"了。但是到了诗的最后一节，却突然出现了一个"他"，"他"才是这首诗真正的主体。"众树－我们"因为恐惧（"恐惧已成为／我们唯一的血型和星座"），连喊出"他"的名字都不敢；连给"他"造一具棺木的资格都没有："他的死是大海／是波涛汹涌的大海／没有一具棺木装得下大海"。由此，诗歌通过"顾左右"而顺利地言说出"他"之精神、"他"之大海般的人格形象。

由此数例，姚风诗歌的手段可见一斑。特别要提出的是，这种"顾左右"的手段在姚风手下，通常还会生出一种难言的幽默感，让人在会心一笑之中瞬时充满了苦涩和疼痛。此种写法，也许姚风不是个例，但论集中火力地加以运用和给人印象之深，以笔者目力所及，尚未见出其右者。

清平诗选

/ 清平

　　清平，本名王清平，1962 年 3 月生于苏州。1987 年毕业于北京大学。1980 年代开始诗歌创作。1996 年获刘丽安诗歌奖。2007 年出版第一本诗集《一类人》，2013 年出版第二本诗集《我写我不写》。2018 年出版诗论随笔集《远望此地》。

鱼

岸上，三三两两的人连成了一线。
低翔的鸟落下来，又更低地飞。
在湿地上，一种相反的力量吐着泡
在柳树下集合、生长，决定着理想。
烂泥溅起来，一块毛巾已脏，
那么脏，不像我暮年的呕吐物，
那么多，不似我的往昔。

阳光收了回去，林中视野开阔。
一个大湖紧靠在挡住视线的
障碍物上。啊，那波光，不敢靠近。
慢慢地，人迹中有了兽蹄印，
秩序中有了讨孩子欢心的混乱。
一棵柳树终于退出了湖区，那些
藏不住的，小昆虫，纷纷告别了这个盛夏。

蝙蝠

在黑夜的尽头，
曙光随着手表的指针来到屋外。
树梢上已有小鸟恼人地叫，
不明是非的迟睡者
把喜悦和懊丧搅到了一起。
一个梦啊，根本不是。
半卷的窗帘下还有一些黑，
即将暴露的新生活
仍能用旧的静默来装饰。

大约一个小时后，
推土机的轰鸣在音乐厅响起，

不可信的鬼神在那里出现。
别的远方，一枝粗大的玫瑰，
许多人吊在它的枝上。
命运降得很低了，
想象力微张着翅膀，
轻轻地，一再逞能地飞，
希望无愧于一个人的停顿。

一些不能容忍的广大，
出现在绿叶初绽的小院里，
将要度过它们蜉蝣般的一生。
通往大街的胡同，
又将被截去三分之一，
明确的，局部的混乱，
像笼罩成吉思汗那样，
把魔鬼的翅膀带给一个普通人，
使他从庸碌上升到极乐。

窗外，汽车驰过十年前的柏油路，
一篇新文章被细细打磨。
偶尔回头的行人脸上，
一些小人跳着羞愧的，快乐的舞蹈，
淡淡的阳光完全着了魔。
从昨夜流逝的岁月里，
往昔放弃了大部分权利，
新的一天即将带走的温暖的床榻
升起在蔚蓝的天空。

漫长的夏季

我感到漫长的夏季
在暴戾的享乐中，

不停地推卸掉去年的责任。
一样的酷热在它的
粗俗的厌烦中长出了
不同以往的大片的浓荫。
我有些恍惚，仿佛玫瑰
顷刻间遗忘了可敬的凋谢。
死亡未曾造就这辽阔的国土，
并使它知晓永生的可畏。
一个迟睡者可能已错过
黎明的清风和鸟啼，
他的梦想却不同于梦境：
无穷的变化就是不变。
夏日的晴空不是被恐惧
而是被热爱混淆着，
星光下阴郁的灯光也一样
无法为黑夜写下新的一页，
却像灰尘覆盖图书馆一角，
照亮了这个星球上公正的错误。

南小街

又一次，我慢慢走过南小街，
马路宽得像及第的状元，
不到一年，破的旧的全飞了，
令我感到心虚：我还能在这儿久住么？
这美景一般的大马路
仿佛应该瞥见于旅途，
消逝在不能持久的记忆中，
但现在，它日日顶着我的腰，
把另外的往昔塞入我脑海，
回头看，只有白得耀眼的栏杆，
哪里有肮脏的小餐馆？

老街坊半年前迁往城外，
如今又回来，看开满小黄菊的花坛，
仿佛扔过一回的旧螺丝，
围着新机器转，却不抱奢望，
我呢，心虚归心虚，
幻想多少有一点，
毕竟我天性执拗的胳臂
拧不过繁华的大腿。

秋夜

一夜大风，早上出门
满院子都是绿色的落叶，
不像是冬天。
十一月了，秋天仿佛已过去了一年，
许多事已不能用旧眼光来看。
但回忆不同，只是跟着老祖宗：
"心之官则思"即便错了，
也要用"吾日三省吾身"来更正。
上溯一个月，秋意正浓，
郊游的人蜜蜂一样
在一个又一个林子间快乐地嗡嗡，
传递着节俭的轮回说。
朴素的，有趣的，自由的臣服，
就这样和他们的新生活相连，
并对有幸进入他们灵魂的
少数不寻常的时间做鬼脸，
吐舌头，达成"啊"的一声的妥协。

西行记

沙丘下，一阵战栗。

胫骨烂在小腹中。
一条腿，一张灰狼嘴，一只百灵，
跳着小慢步，唱着献给
昨日的歌。
一两天后，我才到达这炎热的下午。

很快就不爱绿洲，
小岛一样的焦煳味。
猫一样大的骆驼，更小的沙狐，
都去了西方。
我的旅伴，挂在胡杨木上，明月上，
旅馆的双人床上。

仿佛，盼望着妒忌。
一遍遍敲木板、邻居的脑壳，
把小汽车、水果贩子，都激怒，
把旅游带到警察局。
远山，近水，沙暴，
都不赖，都没有。

一行数十人告别了
十几个梦想。
夜明珠压抑着，偷偷地，
将黑暗搬下吉普车。
一两天后，库尔勒在望，
终于见到不愿见的曙光。

9 月 26 日

鸽子成群飞起，
在灰色，微雨的天空。
下午四点刚过，

一天的疲倦尚未结束，

被临时放到这天空下，广场砖上。

不一定有明亮混杂其中，

但有一部分理想的泡影。

美的，诚实的短外套上，

污点怀着自由的梦想。

这时，凉风吹来，乌云移动着，

动物的影子一瞬间消逝，

细小的雨点终于降落到鼻梁，手腕，

和令人惋惜的皮鞋上，

阔别的朋友中，

有一位就此神秘地到来。

风诗

一阵风卷过，六十年过去。

南风撵走北风，北风又奔到南风身后。

什么样的天气令我们舒服？南风？北风中

也有南风的毒气。但南风还是要卷，卷，卷到

不听花使唤，不怨花凋零；卷到堂下风起

庭中汗湿重衣。片刻呵，压着此刻，速度中的公案、暴利

都压上风的宝，风的韵，风的地下钱庄和

举头三尺的曲水流觞。军阀一到，一扫光。

重游南小街
——给娟娟

早点铺换了人，油条已陌生。

我知道这是艾雅法拉火山

在此燃起陈旧的火焰。

亲爱的娟娟，地球已进入新的活跃期，

我们将在不断的惊呼中度过余生。

但刺鼻的臭鸡蛋不是末日，
蜷缩地图一角的瓦砾上
也没有十分光辉的仇恨。
阴郁的春日蛊惑我
踏着市井的感伤回到这里，
说明新思想并不能带来新的人生。
和某些人相似，我总能看到未来的波涛
从太平洋涌向红星胡同十四号的废墟，
而今天，它或许将从二道沟一带
撤回"偕老同穴"的，蔚蓝的故居。

回忆，生活

我爱过美味的花生和充实的土豆。
我爱过一碗粥，爱那只盛粥的碗。
我爱过旧衣中较新的一件。
我爱过落雪天，老人们含笑走过。
我爱过梦中的小小庭院，门外一片敞地。
我爱过春天的一条狗，冬天时满地爬着它的孩子。
十四岁时，我爱过一个盛装的女人，
爱过那些卑琐的故事和流言。
三十一年光阴流逝，我爱过的事物多于光阴
多于忧伤和快乐，多于卑鄙。
当爱欲潮水般涌来，我也曾爱过祖国的语言，
用它们写作是幸运的，用它们冥想有双倍的幸运。
在街市的灯光中我还短暂地爱过
那些一言不发的灰暗的神灵，
他们仿佛沉沙的折戟等待着磨洗，其实却是
大地的流水、天空的行云，
我们身边普通的芳邻。
我把他们还给爱他们的人，我也把他们还给仇恨。
那么多无法随身携带的事物，

我让它们有一个好去处。
回忆和光阴，我也让它们慢慢散开，
犹如历史的迷雾消失在工地的迷雾中。

特朗斯特罗姆诗歌朗诵会

多少年，它闭着嘴
牙齿像一排十二月的路灯。
尘土被雨点打湿，鸟粪一样滚动；
被阳光晒干，掩埋了鱼骨。
一个湖，在十公里以外。

遗忘，以及遗忘的快乐
从一个陌生的会议厅，传向
容纳它的，熟悉的公园。
是的，它是公园；污浊的回忆
曾在那些高尚的人们中间传递。

东华路一带

仿佛只有一点点时间
可以停下来，看这逝去的
突然掉头的美景。
这些外乡人……怎么可能
不为我上演华丽的过场，
勾钩子，做姿态，投下影子。
呵，我怎么可能四十岁
仍是如此步履匆匆，
往东华门赶，去约会，
而又强烈地在脑海中停下来。
不可能，又一个少年代替了我，
把驻足的经验完全荒废。

但的确荒废了……大部分，

不久前，是因为忙，

几年前，是因为对孤立的美的遗忘。

啊，人生几乎在一瞬间改变。

逝去的又回来，怎能不

为它停下匆匆的脚步？

把贫苦的，不美的

需要战争，谴责战争的世界抛诸脑后？

在儿童剧院门前的敞地上，一刹那

快乐的，深呼吸的魔鬼远去了。

我几乎不曾慢下来。

我知道，不是我的坚定，而是我的动摇；

我害怕逝去的又将逝去。

为海子二十年忌日写下的几行诗

在人群中，我已经不认识你。

你来了，你走了，像罗马诞生了另一个罗马。

二十年前，你打开了一个世界，并亲手将它关闭。

然而它至今仍是一座花园，有不绝的游人

和像崇拜自己一样崇拜你的，未来的创造者。

爱他们吧。现在你有了爱他们的能力。

现在，你无须坐在太阳上，就能获取最美的火焰。

我写我不写

我写绿化绿到黑，远望更不像

救命的洪水。但不写反对荒芜之诗。

我写游泳池，股票池，村长家的

不锈钢洗手池，但不写化粪池。

我写婴儿无德，少年有愧，八九十岁后

回忆即传说。但不写成长的烦恼诗。

我写青春随风逝，革命靠牙齿，玄妙的
道德经迷恋登徒子。但不写两小儿辩日。
我写植物诗，动物诗，万物之诗
但不写沧海一粟渺茫诗。
我写一切诗但不写
你们命薄如纸。

十一月

十一月，厌烦了吧。落叶要你写不愿写的烂诗。
白银要你喜欢黄金。胃病要你把它当王子。
朋友说，此人像异耳狐，妖里妖气地不在乎进化。
东家短西家长的老板娘，品德不比甲骨文差。
我在红星胡同，二道沟，碧水柳荫下度着
十一月的某一天幸福。亲人皆叹惋：此人，累得像个屁。

阳光下，依然有人说无限。
轿车里探出，几天后或许蜷缩于永恒的，高质量脑瓜。
十一月的身材仍旧适合，易经的轻便算计，也像它一样
凡事多绕几个弯，把未来当过去。
鸟粪也不讨人嫌了。慢一点有惊喜。但在十一月的棋盘上
弈着黄金残局的人民，只有快一点，才能与君王见高低。

无尽

饭盒停下来，给三个人看，雪山上也有阶级，
沙漠里也有雀斑。屈原停下来，美国人说停错了
几十米远，但不要紧，密西西比本来就不叫密西西比。

晚餐也要随着节奏，到一百年后去哺育夜莺，在一扇
动物学的落地窗上映照革命。它身后的午餐去往糜烂，
身前的早餐不清楚命运，是否愿意带给它一个破碎的家庭。

土豆绕着广场，希望绕着锅台，不只为宇宙而流汗。
年年开的油菜花，年年想着玫瑰和茉莉，那是她越过田野
无尽的阳光看到的，诱人的阴影中，无尽之凋谢。

江南及其他

住在江南时，我没有觉得江南是江南。
梅雨，油菜花，低矮的屋檐，
邻里的指桑骂槐，挂在每一个人嘴上的
偷情男女的下场，笑得那么肮脏，又哭得那么无耻。
我觉得天空是铁锈，人是泔水，我是被一把杀猪刀顶着
喉咙的小麻雀。我觉得江南不是江南，是化肥厂里的传达室。
二十年过去，我晃荡在中国大地上，南和北那么长，
一夜酣梦都难以逾越，那么多南腔北调的人，嘴角都挂着
江南，这个我后来知道，一抬腿就能跨出的小厨房。

端午

水泥地上，树叶的影子干燥、迷人。
江河流着，海波动着，在蓝天下。
我坐在马甸的一个小区里，在一只黄色的
流浪猫，和一只幼年的麻雀的安静中，
一幅无知、微小、晃动中停顿的图画，
令我不知所措地虚弱。
这图画是美么？这让我无言以对的五分钟，
用谁的命运，多少人的命运，
茫然地涂鸦出这清晰的轮廓？
这一天，我希望是任何一天的昨天，
在郢都、汴梁，在拿撒勒、特洛伊，在月亮
和一百卷描述她的神话中，以同一种速度飞驰而去。

槐花香

曾从槐花香嗅到鼹鼠。
广场上，星辰绕过自由。
我过南园、过景德路，不记得
为何梦见北游而到此一游。
不一样的房舍真的相似于人群
热烈议论又猛然静阒。
时光摊开好大一圈。
要我说什么，做什么，
再收起没有我穷翻腾的一口箱子？
多少黑夜被你们骂翻了啊。
多少花脚蚊、蠓飞子，你们
尚未听说过却已被你们拍死。
不见得就我一个人，从小爱
出血、扒痂块，长大了去给心理学
盖几幢别人盖不出的教室。
——时间不长啊，我鼻侧的
槐花香已等不及要收回她的童年。

白云间

暗隼叫，蓝色后花园，刹那觉悟
某人，听闻十二月绿草，不欲往一月
再添蒙肯纸十几页，再添挽不住死神的奇迹
在传授千万个庖丁于祖先。再添碎碗、烂马桶
到美术家写的心理学。十亿婚姻为绿草黄，
一人只为失眠而混入流氓编织的白云间。

早春图

三秒的风速吹到脚下，
仰起浅红的海棠枝。
远处，金毛犬低嗅腐叶，
和煦的垃圾遍地。
一只戴胜滑过轻霾，
钉在微秃的榆杆上，像是
不甘心只有一个乳名。
嫩紫的香椿边上，李花白尽，
供出黄道和血型。
同样的急迫满园皆无。
但凤凰般斜飞的不知名喜鹊，
像刚刚毁掉一座江山那样优越。
桃花已满载人声远遁，
一口铁皮箱泛铜绿。
野苋笼罩于二月兰花影，
为轻叹的荠菜调琴。
这是不该我来的淡阳下，
君迁子望着乌桕，斑鸠在
远眺几十米外的鸽笼，
杜鹃一声声唤着半聋的另一个
任谁来画出早春图，
将我逐出这哀乐的渊薮。

从孤寂开始

爬山。避着时间的光。
雨令她欣喜又烦躁。
扫地。逡巡在房屋的西窗。
夕阳后还是这众人喜爱的强盗。

不是一只手伸向伟大的晦涩，
是一个人孤寂地乱唱。
不是地球在变样——绝非他所说。
二道沟仍在窗外巩膜里，芦苇仍在
手机里，孤寂仍在我革命的野心里：
旧世界秋风已吹到我明日旅程，
有一棵树必定弯下憧憬的腰。

当他是一个人

当他是一个人，
为无趣的众生而生。
为忽然闪现在
冷寂的草坪上像回忆本身。
不洁的天鹅绒就在
草根周围的湿土中铺开。

当他可以换，
为一只杯子或一条手绢。
他未尝来过但留下
一摊水渍和擦抹的印痕，
在你脑海里打下网格，
为自由在画面外画出麻绳。

当他从未离开
积极思想导致的厌食，
全部反锁在巩膜里。
当他只为了看到你而
出现在雨后广场，
成为少年们无穷的倒影。

从此向前

雾在引擎中散去。
天渐晴，喝汤声低伏。
一千公里国道上，环球掮客
减缩到小于阴谋圈，
战斗减员成熟的焦点。
时间的分叉尚未开始。
泥石流之服务区增多。
十碗牛肉面少了一碗难以下咽、
少了转念一想、一瞥愁。
耳光停在横膈膜的空气渐多。
野蛮消失在达尔文信徒远方的婚姻，
美丽的缺口将地平线画出。
死神忍住了粗话干粗活，
堵住半个世界动物们的嘴。
——这里太小，不够一篇交通论文被
驳斥后流通。
这里需要大于改变世界的改变：
一千公里从卧室到厨房，犹如
裤带上别着水果刀的邻居
三十年未能敲开某扇门，
一朝迁往叙利亚。

忠告

有趣的，在你胸口兜大圈的人，
初夏的次日来过花园。
像白茅花一样懒散的，
像风一样暗。
这不是你命运的杂枝横斜，

然而你错过了虚像之美。

——几乎毁了你所有迷惘，

在一个清晰的轮廓应渐淡，

而蓦然从未出现之时。

远望这惊险的夜光表还在走，

唾沫仍将枕巾推开，

一缕青丝在此地

遥知你尚未被诚实谋害。

在初夏的此日，

为不在乎自己而

松绑了手脚发麻的狐狸，

是一位食罪者倩影飞逝。

需要罔顾的诗

晚餐后半小时，

有人骂骂咧咧骂出停电。

我是另一个人诡谲地

吊在他拼命发电的神经上，

五十年后享用他播放不了的回忆录。

生活大手一摆，

丢掉一切丢人的俗套。

生活大手一摆，

牛人们一拥而上。

生活大手一摆，

你们中谁敢将我捏造？

窗外风入室，

裹着宇宙给我的一切，

以为我拿不到。

我只需要听就能

把风中的零件装配出幼儿园，
挨着它的少年宫、图书馆，
文学讲习所和人民医院。
我只需要听就能
把风中的刀枪全部调换方向，
不加一滴血也不减少，
仅将怨憎混淆。
我只需要听就能
写一首需要罔顾的诗，
帮风把风声裹得更加紧，
送它回到茫茫故园。

彼时

彼时无人像我一样说话，即便惆怅似夕阳。
无鸟兽凭归类，纵使万木葳蕤。
彼时雄鹰驭车，蚯蚓炼铁，白云犹如今日午间
上演天穹鱼鳞之美，但无昂首者胸怀怀念。
彼时未闻"彼一时也"。未见彼岸花开在真彼岸、假彼岸、
纸上彼岸之伪称一衣带水。彼时，斜掠夜空的群灯
下沉在榆树上方，将它围拥在洪水下游幸运的孤岛只有
四五人庆幸看到幸福的少于二三人。

像树叶落下

像树叶落下但又不像
很多树叶那样一去不回。
像蓝天哼着"嗨，想他干吗"
之后的三秒钟，
听起来不像大气的忧愁。
就当容易忘记它是谁。
就当她坐在长椅那边，

刚刚来到这个世界。
你不告诉她人生的秘诀？
或者你需要一阵风来
吹洒她手里的橘子水，
令你懊悔一辈子奔回
她不再回去的摇篮
这是你蜷缩的人生还没有
在空气里飘荡到不耐烦飘荡：
马鞭草还低于你小腿的筋脉，
树莓看起来马上会染红你手掌，
只不过染红了乌鸫的黄喙。

夜的词

一切已逝从夜空中升起，
没有什么是本地真实——
两百年前人们的忧惧
未尝在一场欢呼中散去。
附着草地的喘息、翕动的唇齿
不是广口瓶里的化学方程式在
地下七八米等着碳化的一阵狂喜。
或许有一个世界在地下，
但一切已逝并不在那里。
只不过一阵风从窗外拂过
带着不得不带的细颗粒，
仿佛真的来自地下另一套万物。
——我怎么可能真实去到
一个猜测我真实的故事之地？
只不过一阵风已经拂过今宵
对明日无涯的奉送：
有一个人便是有所有人
度过他人生疑虑一刻，

为两百年后一小段夜的词
在空气中不带破折号升起。

无论他多么热爱

无论他多么热爱，
世界也不递给他另一个世界。
在上颚与虹膜的战争还没有
培育出朋友圈黑亮的花枝，
钟楼和钟楼的广告牌又
冒出多少蔚蓝的青苔？
时光的明了者从未是他，
一册书却一直压在他热爱的臀下。
只不过他热爱的不是他的爱，
犹若世界想掏掏不出心肝。
——无论他多么热爱，
一日之行总带来半月遗忘，
在早已过去却仿佛永远过不去
幼年到童年的三条门槛。
——无论他多么热爱，
在他八十余个裤兜里无人知晓
装着多少个风筝一样乱飘，
豆腐干一样端坐的暮年。

我在海边

不比灰尘少的水滴，
呼气在不比我庞大的盐粒，
夜色中，为鹿影献身。
无限是，混沌是，你们是
下一刻我在海边的肖像；
敏捷的啤酒将月亮拉长。

这椰声，世界各地，必须在
一个小圆点上成就怀念：
凡遗忘者，皆来目前。
半月的钢丝由多少背影呼来；
美丽推到右下方长桌，靠着
粗糙地完毕于半篇的无礼。
我在海边一直是
蜘蛛从后花园爬出了前门，
快乐无处不在我手指。

多年前的风

多年前的风已变得强劲。
雨下了很多却一直未曾瓢泼。
我看到的景色永远不会在我虹膜里
转换到另一个细小的屏幕，
分割出三块神秘的草坪，
在暴雨过后献出一道残忍的彩虹。
一切要消逝在出现之前，
在金雕掠过脑海又掠回的几百年。
电影之后，午夜裹紧我的后背，
把寒意散尽在永不到来的诸神决战，
在一个篮球场大小的会议厅
攒动的人头正排队进入我梦乡。

诗的相对论
—— 论清平的诗歌

/ 方婷

对于很多诗人来说，诗的活力常在一些停顿或走神的时刻，日常和时间之流被割开的时刻，仿佛生命的贝叶经就藏在血肉模糊之间。写作像钉进去的楔子或投进去的石子，它们会形成一些截断或暗礁，以此生命获得一个暂时的缓冲。诗人得以在缓冲中喘口气，并去确认自己追问和活着的真实性，但很快楔子又要由自己亲手拔出。他们通常是自己诗歌的建构者，也是自己诗歌的解构者。

读清平的诗，一开始会觉得平淡，像一些画家的起笔，看不出什么神奇之处，但随着阅读的推进，诗义的波澜慢慢开始出现，微妙感升起，像行船经过一些暗礁时形成的小小漩涡，表面并不复杂，但目光难以穿透。他似乎一开始就拒绝清晰地说出自己，而是要在日常的清晰中制造一点混乱，这些混乱通向不知名的语义分岔的小径，一种矛盾的心境。有时，甚至会让人觉得这些诗不像写出来的一次成型的诗，而像改出来的诗，因为它总是能在阅读即将进入疲惫感时很恰当地给你一句惊喜，一个障眼法，一次变奏，一处点染，一种陌生感。他有自己独特的句法和构成方式，但是这种写法和他的精神世界到底构成了什么样的联系呢？在对他的诗进行了大量的阅读之后，我发现了他的诗对相对论的执着。

诗的开头多是寻常之物，一些生活中的小景。目光从一个事物跳到另一个事物上，渐次延伸，思绪也随之慢慢展开。这些不是人人都能看见的，现象学意义上的呈现吗？突然笔锋一转，用一种更含混、更抽象的描述化解了前面的现象，诗义的位移第一次发生。接着，用一种观念或命名去回应含混之处，它们通常是一些比较大的词，诸如理想、命运、秩序等。诗义的转折第二次发生。为了让观念获得一种弹性或神秘感，需要一种更奇特的修饰或比喻去推进，诗义的延伸第三次发生。这通常是其一节诗的构成方式。有时写作中缺乏耐心，也会在第二次诗义转折中草草结束。

比如《鱼》，暗礁埋藏在"相反的力量吐着泡""决定着理想""那么脏，不像我暮年的呕吐物""不似我的往昔"几处，它们与湿地、柳树、烂泥、毛巾这些具体的景和物构成了一组对应和平衡关系。前者具体、明确，后者指向模糊、抽象、个体性、时间等。词语越出它稳定的范畴，抵达不可明言处，辽阔之处。接着，同样办法持续在第二节中，漩涡出现在"秩序中有了讨孩子欢心的混乱"，秩序和混乱也构成了一对相互阐释的天平。这种相对论的写法很符合诗人想要说出的日常本身具有复杂性和玄秘性这一认识。诗的气氛一开始指向广远的、压缩的空间，会给人较强寂静中的压抑感，随之出现压抑中的反弹与延伸，然后，一些景物和情绪活跃、缤纷起来。"慢慢地"是全诗气氛的转折处，"秩序"与"混乱"的互文产生化学反应。最后，"退出了""藏不住了""告别了"指向一种结束、显露。

在清平的其他诗里，显露还与放弃、上升、照亮、停下、散开、还给、唤回、拆穿等形成了整体上的同构关系。很多诗进入尾声的方式似乎都遵循着这样一个过程和方式，好像攥紧秘密的拳头慢慢松开，或者含混中逐渐析出底色。他是自己诗歌迷雾的制造者，也是拨开这个迷雾的人。仔细体味这个过程，还会发现，他所谓的显露也带有去蔽、消逝和苏醒的意味，光亮感对神秘性的驱逐，给无法携带之物一个去处，对慢、松与停顿的渴望，并暗示出时间之流缓冲分岔后的合拢。有时疑心，他的诗都是失眠的诗，迟睡的诗。

清平非常擅于用这种相对论的写法去结构一首诗，只是这种相对论也不完全是一个固定的模式，而是一种写作的思维和意识构成，甚至是一种语感。《漫长的夏季》《秋夜》《西行记》《我写我不写》等都具有这样的特点。《漫长的夏季》一开始对夏天的描述就是这样：

> 我感到漫长的夏季
> 在暴戾的享乐中，
> 不停地推卸掉去年的责任。
> 一样的酷热在它的

粗俗的厌烦中长出了

不同以往的大片的浓荫。

　　用一些反向的、完全不同质感的词相互修饰，但又能达到内在性上的贴切与同步，且这种相互修饰加深着诗的整体氛围，使得夏季超越了它的日常与实指，构成了某种暗示。包括"夏日的晴空不是被恐惧 / 而是被热爱混淆着"，不只是描述，连判断中都包含着不同质感的相互关联，像诗的两条经纬线相互交织与缠绕。

　　在诗的节奏和语感上，清平用一种系列短句的办法构建一首诗气势上的效果。短句的切分精简、截断、肯定，联络在一起又能形成酣畅的语流。但他不是像其他现代诗用韵和排比等办法去做，而是通过杂糅不同语态，包括陈述、质疑、反问、感叹等，同时赋予这些语态以不耐烦、调侃、打趣、遗憾、沮丧等各种情绪，还能兼顾古典诗文、歇后、俗语和现代语汇。这一点上，《风诗》《天性诗》《十一月》等就比较明显。这也是其诗的相对性在句法上比较彻底和灵动的地方。且他还时常会在相对中加入一种辨析的眼光，多数时候，是在语言即兴生成中的斟酌与辨析，并把这个辨析的过程带入到诗歌文本中，比如《风诗》中的"片刻与此刻"，《回忆，生活》中"历史的迷雾与工地的迷雾"，《山寺即景》中的"低语与低频"等。

　　这种诗的相对论妙处在于使得诗歌的内部空间具有一种张力，一种无边广大与细致精微之间的冲突意识。而且在完全不同的质感中，诗人如果编织得巧妙，可以融汇很多层面的内容，获得一种较好的包容与平衡，并带来一种意想不到的效果，甚至是一种晦涩的清晰。这令我想起谢默斯·希尼在谈到 T.S. 艾略特的诗歌时曾说，年轻时读他的诗总以为那些观念与感觉相互修饰的晦涩之处是出于一种知识、文化，一种傲慢的拒绝，后来才慢慢理解其实是诗人早慧的直觉。我不清楚清平最早的写作是什么样的，但他现在的诗也具有这种在观念与感受的相对性中寻求包容与平衡的特点，而且在多年的写作修养中，他能把不同面向的质感杂糅在一处而不悖于新诗之理，把彼此之间的关联性处理得比较自然、恰当，甚至是轻巧。

　　比如《蝙蝠》中，一个迟睡者被不同声响和光亮叨扰起来的时刻，从半卷窗帘下的黑，轰鸣与不可信的鬼神，许多人吊在上面的粗大玫瑰，胡同与成吉思汗，庸碌上升到极乐，偶尔回头的行人脸上小人跳着快乐的舞，等等，展开诗路，这些不同面向的语汇、描述与修辞将日常生活、神迹、梦、历史还有写作本身的体验混合在一起。

> 命运降得很低了，
> 想象力微张着翅膀，
> 轻轻地，一再逞能地飞，
> 希望无愧于一个人的停顿。

作为漩涡的中心，诗人对写作本身的反观，也作为一部分体验微妙地揉进了这个清晨和这首诗中。清平的诗歌中有很多类似的细节都显示出这样的天赋，而且他能写得气脉贯通，仿佛是出于一种直觉的力量。

也许，我们可以分别用东西方的"一花一世界"和"羽毛称重灵魂"来理解这种写法。花和世界，羽毛和灵魂构成了两极性，它们是相对的两种话语，两个边界，两种维度，两种质感与理解方式，但两者又可以合在一起相互构成一种世界观。在清平的诗歌中，这种两极性发生在黑洞与豆包之间，自由与头晕之间，夕阳与强盗之间，豆腐干与暮年之间，褶皱与天性之间，安静与幼年的麻雀之间，低语与晚死之间，喜鹊与江山之间，等等。原本不相干的事物和情态，经过他的穿针引线可以建立一种微妙联系，并形成强烈的陌生感与张力，在具体可感和可思之间寻求一种平衡。这种两极性也经常发生在一些偏正关系的语言中，暴戾的享乐，公正的错误，自由的臣服，节俭的轮回，战俘的游览，真实的虚无等，用观念上的两极词汇进行相互限定，类似我前文所说的晦涩的清晰，我们不能不承认这些相对论在我们的体验中确实存在，而且让我们看到了生活和真理本身悖谬性的一面。以及在空间观念上，诗人的感受也在努力扩大一种两极体验，如不能容忍的广大与绿叶初绽的庭院之间，太平洋与红星胡同十四号之间，流水、行云与芳邻之间，江南与化肥厂的传达室、厨房之间，郢都、汴梁与特洛伊之间，极尽辽阔之势与眼前之景的扩展，也构成了一种空间的张力，包括历史时空，甚至有点蝴蝶效应，或雨落在迦太基庭院的意思。

但问题不在于花与世界、羽毛与灵魂是否能形成互喻，而是企图用花来直接抵达世界，用羽毛直接权衡灵魂的做法在诗歌中是否成立，是否得当？它的危险是什么？花与世界、羽毛与灵魂之间遥远的距离是什么，在诗歌中能说清吗？退而求其次，是否可以通过诗说出两极之间的复杂性呢？两极之间不同面向的连接又是什么？这样的诗缺乏耐心时是不是也可能成为他自己反对的"沧海一粟渺茫诗"？如果这样去看，那清平所致力于的诗，在根本上不也是朝向顿悟的诗吗？

且这种相对论有一个软肋，就是容易简单地把新生活和旧静默，往昔与现在，旧螺丝与新机器，老祖宗、旧眼光与新生活，旧的火焰与新的活跃，新思想与旧感伤，庸碌与极乐，死亡与永生，回忆与现实等并置，构成一种价值彷徨，使诗人陷入一种无从选择的境地，甚至是一种遗憾的、被弃的心理处境中。诗人似乎特别在意这种新与旧之间的关系，有一部分诗的结尾都流露出这样的口吻和心境，不甘于臣服、妥协，又无法超越。如《秋夜》结尾所写：

> 朴素的，有趣的，自由的臣服，
> 就这样和他们的新生活相连，
> 并对有幸进入他们灵魂的
> 少数不寻常的时间做鬼脸，
> 吐舌头，达成"啊"的一声的妥协。

这便产生出一个更深的问题：在写作中，一个人如何走向自己的反面？一种写作的局限性是不是也最终会限制一个人的意识与行动？当我们用这种写作经验来审视自己的生活时，如何变得悬而未决？对于一个写作者而言，写作经验和语言经验就是他最基本的经验，这个基本经验和生活本身又构成了一种什么样的联系？积极思想导致的厌食如何疗愈？

还有一点使我不解，清平的诗在时间观上总是流露出一种今非昔比、物是人非的感伤。且这种今昔之间的对比关系，让他将自己的生活定位在一条短暂的流连的路上。其短暂性在于他的时间观和历史观中活跃着一种很强的轮回意识，两极之间流转与周期的时间观，以及刹那即永恒的时间疑问。比如他写过几次的《南小街》《重游南小街》，诗人游走在拆建后的南小街，从眼前之景产生的新旧意识，为心虚和幻想，惊呼与感伤困扰，《风诗》中对南北变迁的历数，也带有明显的六十年一甲子的轮回意识，《华东路一带》中短暂停驻中感受到逝去的又回来的回眸体验，《端午》中所述的五分钟与命运之间的速度感，《白云间》中的刹那觉悟等。这也与前文所说"显露"的尾声构成了时间观上的来去。

可见，清平诗歌对相对性的执着，已经部分渗透到他写作的语汇选择、诗法构成，以及价值判断上了。尽管他的相对论并不是非此即彼，但也在两极之间构成了某种犹疑。不能确定的是，这种写法是他有意为之，还是无意识间产生的形态，或文化引导的缘故？就像他想要给予的那个自我形象与流露出的自我形象之间的差距一样。他想要寻求的那个"神秘的惊骇"，来自发现还是制作？

行文至此，我也对自己的批评产生了疑问。相对论的意识固然已深入到清平的诗歌写法和生命意识的关联之中，但这种发现的清晰性会不会恰恰忽略了清平诗歌中最迷人和显露才华的地方，那些含混的、直觉的、半透明的、只可意会的转折之处？

2020年12月 昆明

组章

秘密

/ 桑克

施密特

见不得坏人坏事，
说了就光明了。

没想过坏人的瓶子里装着什么溶液，
没想过怎么建立仆人的伦理。

你见过多少凄惨的幽默？
你见过多少出轨的绿皮火车？

使用问号的人与使用句号的人是不一样的：
门里的一张嘴巴，加上反犬旁就是一种动物。

在幼儿园见识过求助者，
而后求助者一挥魔杖变成邀宠者。

合法的烟花喷向空中，
多美，多烂的烟花又消失在空中。

北斗七星围着北极星旋转，
里面的水舀起来又倒出去。

仿佛西西弗，

仿佛你谦卑的身段儿。

怎么可以并提呢？
流行的网络明信片粗鲁而准确。

给你合适的位置：
在可怜与可恨之间。

给你一个关于颠覆的想象机会：
你醒了，或者投身新的秩序。

与以往一样，
只不过河水变甜了，你跟着甜了。

蜱虫没有挠烂你的中枢神经，
塑料齿轮磨出的不是火花，而是碎屑。

我也发现我的恶毒，
所以活该晒在你的清单。

你微笑着为希夫人拉开铁门，
脱帽，致敬，向着灰尘。

秘密

越来越不能保住自己的秘密了
越来越明显了
越来越多的显微镜与探照灯降临了

我早就料到了
我早就料到了我将站在第一道战壕里
我早就料到了我必须亲身体验什么是灰烬

潜伏的艰难已经可以忽略不计了
真正的秘密并不是用来保守的而是用来遗忘的
用来混淆或者捣乱的

使它复杂化而且带着纯真的笑容
而且必须让他们相信冰雪之中存在着温暖
否则为什么一个冻死者总是脱光身上的衣服

给费解的事物全都配上一个看起来合理的解释
仅仅是看起来
正如给秘密书写脚注的脸色一样

在档案馆的深处
关于风景的描写是铅笔和拍纸簿不能胜任的
是小说和纪录片不能胜任的

诗只能刻画一株杨树的局部
而且可能只是树干皲裂的局部
而且可能引起并不恰当的关于晚年之脸的联想

关于人的经验
关于在风景中赋予人一个位置的问题是怎么解决的
还有比例与蚂蚁的处置问题

还有密电码与接头暗语的设计问题
数学与语言学如何携手模拟秘密的敌人
而不是伟大的帮手

自相矛盾的帮手与敌人
对阴暗的渔网的理解总是超乎常人
超乎宁静的湖水和不平静的鲫鱼

守住一个根本守不住的秘密
只是为了一个必要的期限
以及在此之前能做多少就做多少的努力

告密

将茄子的私密谈话
转述给辣椒以便获得
洋葱的热吻勋章，
在香菜的回忆之中几乎是
理所当然的义务。

马铃薯兄弟并不这么看。
他的绿色牙齿并不仅仅是
长给食客看的，更多的是
长给厨师的白帽子或者
服务员计算的心。

胡椒天生就是间谍。
非我族类，其心必异——
番茄教授对更加细腻的
樱桃学生说的。胡椒从未想过
与香菜争夺冠军。

但是杨树目睹过类似的
比赛以及类似的冰场格局。
冰刀划过冰面溅起的冰屑
类似菜刀划过荠菜和鱼肉。
谁鱼肉谁？

晦暗的鲶鱼与鲜明的姜汁
联合隐喻的画布此时此刻摆在

香菜面前。哦，香菜。
香喷喷的，或者吃香的菜，
正盯你的胃。

正盯每一瓶可疑的
酒壶或者暧昧的山西陈醋。
冬瓜律师辩解香菜也是
无辜的正如菜刀君。
菜刀大人，对不起了。

对不起了，咔咔剁着肉馅，
嚓嚓搓着山药丝——
肉冻正在集会，即将讨论
个人混沌的未来。
馄饨吓得哭起来。

自画像

我是怎样的？
羞涩，挑剔，保守，
还有那么一点儿洁癖。
反复洗手，
直到没有一点儿泥痕。
看了太多的转述，
这样，那样。
那是我么？被马虎地误读，
被故意地误读。
迹近毁谤的，我不辩解；
无中生有的，我不在乎。
光斑是我有意忽略的，
我面对着个人的黑暗。
至少在你的面前，

我是透明的琥珀。
其实，我一直是透明的。
切勿把我的知识当作复杂；
切勿把我的宁静当作莫测高深。
我是典型的 O 型血，
我是典型的处女座。
我不奢望彻底的干净，
不奢望长出柔软的白色的羽毛，
不奢望在天上飞；
但是会与欲念斗争，
哪怕是你死我活。

雪的教育

"在东北这么多年，
没见过干净的雪。"
城市居民总这么沮丧。
在乡下，空地，或者森林的
树杈上，雪比矿泉水
更清洁，更有营养。
它甚至不是白的，而是
湛蓝，仿佛墨水瓶打翻
在熔炉里锻炼过一样
结实像石头，柔美像模特。
在空中的 T 形台上
招摇，而在山阴，它们
又比午睡的猫更安静。
风的爪子调皮地在它的脸上
留下细的纹路，它连一个身
也不会翻。而是静静地
搂着怀里的草芽，
或者我们童年时代的

记忆以及几近失传的游戏。
在国防公路上，它被挤压
仿佛轮胎的模块儿。
把它的嘎吱声理解成呻吟
是荒谬的。它实际上
更像一种对强制的反抗。
而我，嘟嘟囔囔，
也正有这个意思。如果
这还算一种功绩，那是因为
我始终在它仁慈的教育下。

大话

我曾经渴望的平静，
我早已握于手心。即使片刻的波澜，
也若烛火被我掐灭。
我平静于我的平静。

我活在我的孤独之中，
我个人的选择。我不能选择的，
不再令我痛苦，我不奢望
变成一头孟加拉虎。

我沉迷于我的虚无感中，
我沉迷于我的懈怠感中，
对山水，对旅行，对文学聚会，
我的表现犹如好莱坞明星。

恰如其分，没有个性。
一块无可挑剔的饱满的
鹅卵石，在闪光灯的照耀下
泛着白银似的光辉。

我不屑于双关语的原因，
不过是我更擅长直率的表达，
犹如一个貌丑的人倾心于
素朴的美学。

在阅读中经历更多的人生，
这是不朽的窍门。
我不愿意向公众宣传，
我启蒙的就是疑问。

墓志铭

写在这里的句子
是给风听的。
你看吧，如果你把自己当作
时有时无的风。

这里是我，或者
我的灰烬。
它比风轻，也轻于
你手中的阴影。

你不了解我的生平
这上面什么都没有。
当日的泪痕
也眠于乌有。

你只有想象
或者你只看见
石头。
你想了多少，你就得到多少。

每一次花开都是还愿

/ 徐南鹏

满月

满月只是一瞬
满月不过是误解

满月不关心花开
也不关心竹影
满月在乎一扇窗
关上，整夜不曾打开

满月放过自己
也曾为自己洗白
信笺上的错字
不是误笔
是心绪慌乱

满月从不统计
到底有多少离人
仰望自己，并且
许下心愿

无题

写不写是一个问题
写得好写不好是另一个问题
写完自己满意不满意是一个问题
写完别人喜欢不喜欢是另一个问题

通常是被驱赶着
像牛低头拉犁
而我是白羊座，想都不想
结果，自己已经冲出去

还没开始，就已经结束

每一次花开都是还愿

我想不起还能用什么表达对你的爱
我只有这一种方式
一次一次把自己打开
向着阳光的方向坦露全部的颜色
全部的芳香和全部的孤寂，甚至
我不奢求你的驻足和凝视
呈现的一刻就是枯败的开始
我照见自己，完成自己
无嗔，无怨，无喜悦

看花开

每年，我
都看花开
多么静地开

就多么静地看

我不是看一朵花
不是看怎么放苞
怎么长成花骨朵
如何缓缓盛放
如何枯败

我关心
看花的感受
如果今年
保持同去年一样的
心情　人生大半是如愿了

随意

雨下不下随意
月圆不圆随意
花开不开随意

你来不来随意
你走不走随意
门在那里
我没有关也没有开

茶喝不喝随意
只是，哪款茶
不是喝一杯少一杯
茶凉了，就只能倒了

问不问，你随意
答不答，我随意

好风向来是这样的
吹过，不惊动灰尘

写到一把刀

一

其实无所谓
什么刀

菜刀，柴刀，剔骨刀
还是砍刀，镰刀，青龙偃月刀

有的人看到整把刀
有的人看到刀柄
有的人看到刀把
有的人看到刀锋

这是自然的

能完整看见刀的人
不是常人

二

我对刀锋就很模糊
只见一片白，如雪

比如，有的人看不到刀
但看得到血光飞溅

这是自然的

三

小时候上山砍柴
要先在磨刀石上把砍刀磨快

那时候不知"磨刀不误砍柴工"的话
但已深谙其中道理
磨一会儿刀，用拇指

在刀锋上一刮
有沙沙的感觉
说明刀快了

快的刀砍在树上
吃入得多，而且
顺畅，不反弹

四

有一次，那把刀
砍在我的小腿上
涌动的红和着阳光
令我恍惚。天空
从来没有那么高远

后来，我知道，天下
没有两把一样的刀
没有一把刀的轨迹
可以重述或者模仿

人世间应该少一点什么

其实人世间的安排
一切皆完美
所谓毛病
不过是作为人的毛病
有时希望人世间少一点什么
比如病毒
它等向人类发动进攻的时机
可以数万年计
比如排他性
这个动物身上最原始的基因
还刻印在人的血液里

良善

感谢！世上的行脚僧
虽然越来越少
但他们一直在
朝着远方的寺庙走
感谢！他手中的钵
容许我捐出身体少量的恶
感谢！海风对我的劝诫……
我梗着头抗命
却没有机会弥补过
我本是行脚僧手中的钵
——空着，没有裂痕
但心怀良善
又背负痛
又不能反悔

有些话说出来就放松了

真正难受的是
有话，说不出来
"憋在心里
像憋着一块石头"
邻居婶婶这样说
她喝下整一瓶敌敌畏
还是没能把一句话说出来
还是没有让自己放松下来

除了层云笼罩

大半个天空灰了
不是一直灰着
你张大眼睛在找
找不出其他的事物
一只鸟也好
没有。但也没有失望
再找就有黑斑
再找就有匆忙的身影
沿着空气的台阶
来来往往
有人走过你身边
向你点头
像是多熟识的旧人
因生计而相忘于江湖
而真相不可辨识
层云只是外衣
不是呈现，不是本体
想象抵达不了真理

蓝天之上
阳光如此猛烈
一样可以掠夺你的常识

火车，你带上我吧

还有许多山水我没见过
还有许多街道我没走过
还有许多美食我没尝过
火车，你带上我吧。我不是为了这一些。

我那么喜欢你的平稳、速度和准时
你带上我吧，让我实现一次远离
把我和现实拉开距离，和我自己拉开距离
和亲人，和思念拉开距离

你带上我，穿过城市、村庄和山脉
把我放在一个陌生的地方
我能听懂鸡鸣和犬吠，听懂风铃
但我听不懂他们的谈话

我只能通过微笑和手语，乞要水和食物
人们像钉子一样在田野上劳作
受累的身体一天一天弯向大地。他们是有福的。
我在一棵大树下坐下，不看不思不想

火车，你带上我吧
在我将要枯干的身体里安上翅膀

水面以下

平静的水面以下

是我的无法呼吸

水面是边界
平静是表象
表象都是暂时的
一只巨大生物
当它的头
被伟大的力
按入平静之中
水面就会激荡起来
水花四溅。喧哗
即将打碎湖的镜面

平静只是暂时的——
微风和死亡
平静和喧哗
是不是，在相互映照
也在相互抵消

（选自《芳草》2020 年第 5 期）

苍茫

/ 荣荣

在海边

那个长久凝望大海的人
轻易将内心的起伏与浪涛混为一谈

那个越过我望向岁月深处的人
他的荡漾也与我无关

谁能说清海风为何狂吹
让反转的阳伞更像一个投诚者

让大海的汹涌有着无边的荒凉
让我纠结　并且痛悔

一定有过什么　这些人或这些我
此刻我回首往事　往事不见了

月季花上殷红的残雪

尘世间的每一次回顾，离终点都会近上一分。
"老年的修行就是灵魂的双向奔走？"
此刻，她又一次看到那个被惩罚的女孩，
看到她长时间躲在一个雪人后面，

半上午或是半下午。
她想躲避的难道是贫穷和羞辱，
还有被一个世界嫌弃的悲伤？
远处，低矮屋檐下密集的冰凌，
寒光闪烁，它们也在淌水，
她的心痛也湿漉漉的，
并跟着女孩又滴滴答答跑远了。
此刻，她又一次看到那个小小的
裹着粗实棉袄的笨重身影，
在时间深处跑得歪斜和踉跄，
看到她跑向一个残败的花园，
碰落几枝月季花上殷红的残雪。

风筝如絮

是谁说：人生只似风前絮
欢也零星，悲也零星

还可以有另外的比拟：
暗中的流水与落叶伴行
风中的一滴酒与黄花同醉
漫天大雪飘过孤山
只描摹出一块顽石的形状

或者像一只努力挣扎的风筝
它想要越过的一些虚无
也在白云之下

或者是漫漫红尘里的三千颜色
一帘之隔或三步之遥
我终究是被遮蔽的那一个

经年

与岸边的树长久地凝视
风吹过　眼神与水波同时晃荡

或者慢走　寂静里
她拖沓的步子有细致的回声

也可以长久地坐在屏幕前
看别人的故事　不再代入

在漫长的生存期里
这个女子没有太多的自娱

但是仍可以折腾或回溯
或者重拾被阻隔的零星片段

那些碎片　刹那流转的情绪
那些可以拿来重新掂量的交集

比如与谁同骑单车　谈论睡眠与胖瘦
比如闲敲棋子　锋芒尽在相让里

比如突然变坏的天气里糟糕的脾气
突然被询问及置之背面的质疑

想起那些被遮蔽的伤感和真相
想起辞世经年的人和今早园里萎谢的花朵

她不语　仿佛仍能掌控所有的境遇
继续扮演着她的阅尽风霜

高架隔离栏上怒放的盆花

高架隔离栏上怒放的盆花
这迎面而来的艳妆长龙
热烈中带着某种急切

恍惚间有阳光从散乱的乌云里
漏下来　接着是一场透雨
窗外流转的全是那些红黄嫩白的光芒

还有裹挟着滚滚水雾的车群
像极速奔腾的马群正绝尘而走

此刻　我似乎听到了龙吟马啸
我似乎也是急切的
也想有一种奔跑的龙马身姿

暗沉之花

将一脸色斑看成暗沉之花的人
深谙凋谢之术

像退潮后海湾的开阔
像无边落叶
随秋风走得干净

像那个紧致怀抱里
最后一次激烈而快意的释放

罂粟

鲜衣怒马的少年从各个朝代出发
没入时光苍凉
你在现代撞见的那一个
一定是假的

行走天下或置身江湖的赝品
复制了鹰的外形
只有经典的毒和幻觉在泛滥
像某种花　寸行尺远

飞蓬

走回那条记忆的溪边
春水仍浅到能目测那些亢奋的溪鱼
和溪底下藏起的落日
春雨仍漫无目的地倾斜
那人不打伞　仰头
满脸的湿全算他自己的

而我只是一个错乱的赶场者
"自伯之东，首如飞蓬。"
兀自辗转了许多个春天

海棠姑娘

旧歌里一角碎花衣裳
是否又一次惹伤了那感性之人

那就允许他有那么一会儿茫然

允许他沉浸
看阳光撕开一场浓雾
一张特别的容颜年轻着

不管下一刻
春风仍在他怀里叫嚣
雕刀仍向花蕊深处纠缠
记忆的鞋磨破了
再追不上一棵旧日的海棠

一树梨花

你看到的素白　仍是春日景致
仍是那树梨花年少时的坚持

是那年你走过树下
匆忙间夹入书本的信笺
想说就说的心事
是素净里压抑的芳华

是拒绝里自以为是的沧桑
破损的球鞋徘徊后的远离
是回首时分外刺眼的一头落发
和偶然浓烈的一份心疼

野菊花

如果她在这个越来越不明白的世界里
开出各式各样的野菊花
带着全部的善意和苦寒

在地铁拥挤的车厢

在茶馆或小会议室的暗处
在职场一角
甚至一张稍显零乱的眠床

她一定带去了更多的不明白
她一定是新的有罪之人

运河边这一丛芦苇

运河边这一丛芦苇
又白了

无心的人不知道它白了
有心的人不知道它为谁白了
主观的人知道并看见了
这个事实让他认同了那个客观的人

那个闲得无聊的人
看了一眼又一眼
看见那上面的白
飘落在许多疲于奔波的人头上

我在运河边住得久了
早年　我总忍不住折几根返青的柳枝
从头回想一些被送走的人
现在是这些白了的芦苇

风总会适时地吹过来
吹送千里的长风
总会挟带着远近年代的桨声捣衣声
小汽笛声和小电瓶声

这一丛白了的芦苇

为我滤掉了多余的沧桑

（选自《十月》2020 年第 6 期）

阴影生物

/ 黄孝阳

我爱你

我在窗下想一个开始，隔着
灰色岛屿，屏幕与塞壬女妖的尖叫，
还有这个令人心酸的九月。
它们汇成海——Surfaces、Essences、Analogies，
三个关键词的英文首字母。

海水是关于算法、数据与算力的总和，
我反复用指尖触摸这片寂静（或者说泥潭）。
气流在体内缓慢地上升，四肢百骸
满是厚厚积叶和抹香鲸嘴边的圆盘印痕。

我是如此想着你啊，"想"字压坏了键盘。
幸好还有讯飞语音输入法。
你在想什么？光标在自行移动，木窗甚难开合。
海水残酷，冷漠，与秋日的晨曦一起涌入。

写了一生的汉字（所谓等身），
剔尽繁复，只有三字：我爱你。

独坐

1

当我在房间里独坐，想到
这突如其来的一生，还有《金刚经》，
瞌睡袭击了我。

几秒钟后，当我意识到房间是一个"0"，
而我是"1"的时候……我睡着了，鼾声起。

在梦中看见祷告着的拉马努金，
还有那个伟大的黑洞公式。

我穿上他的黝黑肤色（情不自禁），
娜玛卡尔女神啊，我已多活了十余年，
并且一事无成。

这是美好的，如同水中的鱼，
露出灰脊。

2

这个世界不是应有尽有，
总有些事物是在它的边界之外，
比如最大的数字，比如你。

我想象你的脸容，比如玻尔兹曼大脑
比如飞走之禽。每想出一种，
即提笔绘于灿烂夜穹。

我已绘出恒河沙数，
但离你还隔着一个最大的数。

亲爱的，我是如此想念着你，
体内都有了数万亿颗星球。

诸山夜鸣，隐隐如雷。

3

亚里士多德说：
一件事不可能既是对的，又是错的，
这违背了逻辑律。

我想了很久，想起两个例外。
一个是薛定谔的猫，
另外一个是你。

你爱我的时候是对的，
你不爱我的时候是错的。

——管弦金石之音自东南来。

4

我在想苏格拉底之死。
那个石匠知道自己的无知，
既不惊恐，也不傲慢。
他被诗人与演讲家告上法庭，
500 个雅典公民审判他。

他说他在追寻真理，

这自然是有罪的。
（如果他不说，罪行便不成立）
他说他配享城邦的供奉，他说的是事实，
所以他们一致决定他该死。

这是不义的判决，不是所有人都知道。
狱卒向家人道别后，
打开那花岗岩牢门。
他拒绝离开，不是为了流芳百世，
这是雅典公民的判决。

5

一个人，就跟一个国家一样
是他所经历的，与遗传特性的总和。

人们总是倾向于用善恶来评价这个总和
把他所经历的与遗传特性混为一谈
（后者没有善恶）

所以，他们发明了一组词语
来褒贬同一件事物，
比如顽固与执着，傲慢与自信。

阴影生物

我在去黄昏的路上，
身边大块燃烧的阴影。
那是各种建筑物的魂灵，
可怖的虎狼之躯（人之造物）。
若跨乘其上，
就是它们肋间带骨刺的翅膀。

穿香奈尔套裙的年轻妇人
披黄马甲的中年环卫女工，
还有斑马线上低头玩手机的长腿少女，
吻合 UPOV 公约 1991 文本规定的一致性评价，
皆吾口中之食，仿佛这尾鱼与那条海洋生物
的肉身。这是仅有的区别。

如果说世界有 11 个维度，
吾在最高那根弦，磨牙吮爪。
偶尔也想一下。
不是想自身的来龙去脉（这无须多言），
是对街头这一整套革命话语的凝视。

这团风暴在刮过皇宫、神庙与集贸市场的穹顶，
不再有片刻停歇。
在推翻昔日所有后，势必推翻它本身，
有了"现代性"等面貌。

不会再有"长河落日圆"，黄昏
注定是一个即将消失的历史性景观。
当技术奇点降临，人必然遗忘自身，
包括此刻的街头。不再天真，
也不再感伤。

我在去黄昏的路上，
摇晃头，摆弄着背上的鳍与长长的尾巴，
这些由人与街头共同创造的，
吞噬了那些曾经千真万确的事实。体内
满是飙升的肾上腺素与多巴胺，
它们是几分钟前喂入口中的各种古怪药丸。

吾喜欢这种进食的欢愉，当眼前这些
如同睡莲漂浮在水面，漂浮在
黄昏的光线里。又或者说，吾喜欢这只
被"进食的欢愉"主宰了大脑中枢的存在。
它的皮囊是对人的僭越，我承认。

可这又有什么呢，
玫瑰不因凋零丧失其名，丧失不朽。
你的荒谬性，与不可抑止的虚无感，
才能填充吾腹内真正的饥饿。
若你能想明白这点，你便立刻拥有
吾的狂喜与尖锐之齿。

云层

我为什么爱你啊，因为
你是我的咽喉。
因为你，我才可能品咂词语与盐。

或者说，你是我的咽喉炎。
使我咳嗽，眩晕，坐立不安。
正因为这些症状，我才知道我还活着，
这个糟糕的世界也从未有一刻遗忘了我。

你是我最好的光阴，
你是微凉的晨曦，
你是只属于我的珍禽异兽，
你是南方天空黄昏时的雨水。

时间轻喊着你的名字，
在你的头顶。云层是一张恍若隔世的唱片。
我翻来覆去地听。

落叶

时间收集了人的泪水，用一根丝线串起
给你，挂在门帘边。

凡人皆有一死，有心人可以借此摆脱肉体，
只要你同意。

狂风暴雨，今天夜里
到底是什么在撕扯着距离？

隔千万光年的星河
也无法摆脱你的引力。

一片湿漉漉梧桐落叶上的你
是我的上帝。

自由国度

夜晚，我心甘情愿爬上床，
爬上断头台，闭上眼。等待
梦的斧头落下，这是愉快的
惊心动魄之旅程。

摆脱了头颅（智慧与知识）的骑士
迟早要摆脱自我的匮乏
众生的喜怒哀乐即他的眼耳鼻舌
凡所有见，皆是他手中的盾与刀

我是我的敌人，我是杀死我的凶手。
我是我的排泄物，我是关于我的

诅咒、最真挚的祝福与那 26 个字母

不再为大脑中"朦胧而深邃"之物束缚
从那些一成不变的思维轨迹跃出
如一飞冲天的鸟

这是人子的傲慢，是一把青铜钥匙
要开启那自由国度，还有
数时辰后清晨的第一缕光线。

扔掉左手堂吉诃德的长矛，
再扔掉右手的刑天之斧
我沉沉睡去，把头颅轻放在你枕边

如果你是寂静的

如果你是寂静的，白皙足踝上
那朵玫瑰文身。街道就会燃烧。

一个怀抱，从后而来。
你是上帝赐予的摇篮。

如果生活是寂静的河流（秦淮河），
有太多让人心碎的面容漂浮其上。
也有涟漪，那些不为人知的真情时刻。

少女奔下黄色出租车，像海豚，
楼群、鸟群溅起水珠。
有一千万张照片在此刻。

此刻，我余生中
最好（年轻）的时刻。

我的孤单寂寞，让我有幸目睹此刻。

如果

如果说树木是河流，
鸟是浮在空中的鱼，
从树下走过的人是
死者的魂灵，那么
我是爱你的。

如果天空是一座城，
云是穹形建筑与历史遗迹，
来到城里的人
脸上没有任何面具
那么我是爱你的。

红绿灯是一行行代码，
世界的真实性难以判断。
我在街头，被雨水淋透的仲夏夜，
一遍遍地想着这些"如果"
（其数量比恒河之沙还多出一粒）

如果没有说谎者悖论，那么
我是爱你的。

总是好的

1

想一想，总是好的。
想一想，天地就静了下来。

想一想，就听见脑子里面的鸟鸣声。
想一想，心中的河流越流越辽阔。

想一想，慢慢地想一想。
把自己想成河流上的一叶扁舟，
想成鸟鸣声中的一个音符，
想成天地本身。

想一想，总是好的。
有多好呢，比如在冬日洗了一个热水澡。

2

美，是对独特性的发明，以及命名。
黄昏为什么美呢？因为你在那团光线里，
想起了那些只有你才能想起的人与事。

自然（上帝）本身无所谓美与丑。
因为你的注视与思索，它的形态
与你有了交流。

美与丑是这种交流的反馈。

（选自《野草》2020 年第 4 期）

语或言

/ 李潮蕴

雨 夜

哪有什么珠落玉盘

分明一空浓雨，敲打孵化动听的耳朵

高城秋风慌慌，慌慌

留下一地匍匐的本能

长雨覆盖飘摇之夜

惊惧之种怒放着基因突变

荒谬本是羁旅之臣

彻底丢弃记忆与思维的包袱

方能进入永恒

但又是谁，是谁置入了我们逐光的天性？

循着出走的骨头，落入青鸟的海豚音

那连续的，剂量深邃的音波

犹如寒夜里提灯女神的轻抚

裹挟其中并不知道这意味了什么，凭借玄想和仪式

本能地推开振翅之门

庭院里神秘的无字之书

是眸子的瞭哨么

日夜演示悲恸如何指雨为曲

为稻草人做康复训练的云峰

是过滤死亡的么
脚下生出朵朵莲蓬

还犹豫什么，天赐的星辰鼓手
你需要谨慎而庄重地把这些装订成册
连同多米诺骨牌的邮戳
房间里的女神，将为你撑开肖申克的篝火

我听见一个声音，啊你听
那声音犹如打捞黑夜的月钩

勋章

那是存在的一种典型，恒星族的
犬与鼠，动物伦理的狙击手
擅长看守与拿来
在云层或者鹰隼的视域
喻示着某种禁忌得到完整定义

子弹横行的黑洞实验室里
禁忌被烧制成了闪光的勋章
炫富地装饰深处的磷光
另有高大上的假肢工厂升华了勋章的集体向往
要我说，那已足够酒精之海辉煌

要不然你怎会看见
长亭短亭里有，五十步并百步
簇拥的蒲扇团影
森林里有，奇迹，浮世绘走进疯人院里
肚脯上挂着营养液的站台树
挥动整过容的手，向天空激情展示
充值的乳房

失眠

屏着呼吸，月光以宿命论安慰羔羊
无声的猛兽瞄准猎物
失眠者惊惊地寻找力量

一动不动，站在恐惧的阶梯上
是被宰杀的绝佳位置
一些人已经去了，梦里
还带着他们的模具？
失眠者随着星空去了另一个王国

那里有空阔的候车厅
不知名的燃烧坐于其中
一场自由泳
他们讨论手和脚的结构意志
讨论心脏的眼睛诸多无意义之举
讨论望远镜瞳孔的出厂设置
以及打盹、假寐和酣睡者的幻术

"我们为什么在这里"
"不知道，也许为了浪漫"
失眠者与燃烧相视大笑
黑夜的存在位置被改变

语或言

有些字一落地，一部分重量就蒸发了
有些字一出口，狐狸就出洞了
你并不了解语或言仅仅慷慨给了你雄伟的语言王国
而非事实

你也不知它何时自立门户，用内增高掩饰
天生的矮矬
但那并不代表什么
当你关上迷离的门

没有不解之词

你甚至能听到
剃刀完成割裂动作时的宗教气象
恍惚间你看到它高大的背影刻着
正义两个字
而昏黄之路灯下活的雪片
似乎和巫术有着某种神通
你低下头调整指南针的方向
追着那背影你驯鹿般奔向锦绣
接过笃信的册封
你在森林永恒之好处泊车
但振野废墟让你颤抖的手点不亮灯
你发现头顶密不透风的覆空之叶
善恶之瓶早已装不下它的译注
焦虑中你出现心前区疼痛
窒息着从一场蝴蝶梦中醒来
手里握着一块后浪之铁
你汗淋淋的手捕捉到铁的凶器之光
你明白了身在一场浩大之中
对我说除了求解再无不解之词

雨

雨自天上来
它天生的冷峻面孔里藏着
柏拉图的理想国

它佛陀的心在解救了乌鸦

解救了枯草的城池后

却被单调地装扮成一场枕边喜雨

凉意的响铃被搁置在芭蕉上诠释时间的意义

被嫁接的冷把世界分为尘与尘

在各自的段位上博弈

站在雨的肩上望着滚滚尘烟

没有天空的人性原始地涌动在

可怖的彼岸

这是个被别人演绎过的古老故事

森林外的屏障告知这故事健在的区间

故事里的雨始终走在一条幽径上

夜深深时

你能听到骨头生出的老人

拐杖在雨地上哒哒作响

（选自"拉须酒馆"微信公众号 2020 年 11 月 10 日）

时间的瘦马

/ 刘 康

逆时针

衰老带给我的喜悦像一小枝
盛放的玫瑰。因为突刺
它被孤立在花圃之外。爱美的少女
取走了它的花冠，但余下的根茎
仍让我醉心不已。海明威用它
制成了一杆猎枪，在某个日落的
黄昏射向了自己的太阳。我独爱
卡夫卡，那个在深夜行走的男人
似乎从不担心暴雨会骤然而至
他没有衰老，像早已预知了
玫瑰的结局，在凋零前
把花冠献给了春天的少女

雪落往何方

落在山顶，它让群峰变成
加冠的孝子，落入河床
它让游鱼免受捕捞之灾
也有一些落到了我们身上
像盐粒，有细碎的切肤之痛

我所疑惑的是，那些
不曾目睹的角落，它们会以
何种方式，领受这人间的恩德

蝴蝶效应

阿冷在信件中向我表达了
某种忧思——飞鸟在越过群山时
会不会被深谷的引力所摄？
他时常如此，在荒诞和理性中
寻找攀缘的路径。如果飞鸟真为
深谷所摄，那所知者必定寥寥
作为臆测者之一，阿冷会不会在
蝴蝶振翅的瞬间看到谷底的真相？

就像多年以前，我们在故乡的站台
挥手告别，启明星映照着一列
火车驶向南方。多年后，那里
积雪崩塌，晨昏星在日落前
递来一个青年理想的碎片——
蓬勃、绝望，有内部瓦解的痕迹
我曾拼接过它，在行将圆满的
瞬间，听到了玻璃碎裂的声响

门的背后

阿冷和我描述同一扇门
用了不同的词语。他说星光和漏缝
有时也会听到跫音。像某种
动物，觅食前收敛的谨慎

这是根植于内心的不安，我也

有过。在过去，木质门板的晃动
往往会让我从睡梦中惊醒
除了自然之力，我也感受到了
某种不可抗拒的伟力。所幸我
一无所有，在忧惧和不安间
避无可避。现在，我在一扇晃动的
木门背后从容以待——一束星光
或者雷殛。它可以取走我
应有的一切，包括窃取之物

爱的多重性

过量的阅读为我设置了重重关卡
当我翻越一座山峰来到它的背面
我所置身的空间必然有了新的维度
像我经历过的那些，刻骨铭心的
爱恋，无一不在提醒着我——
爱用它的繁复，证实了自身的多重性
但我并未因此而感到羞愧
一扇门窗的洞开为我引来了星月
它不会因为人类的复杂属性而有所
偏视，它已看到过太多，不同轴线的
汇聚和背离。我们只是爱着
在崖壁和缝隙中寻找平衡
我想起我痴迷过的恋人，那坨明媚的
腮红，在庸常里闪烁着奇异的光芒
像一条狭长的海岸线，泊满了
过往的船只

观照录

"黑暗给我们带来了什么？"

——我想，除了一种静默的孤独
还有些微弱的光芒，被迷雾遮盖
这是我沉迷于深夜写作的原因
很多时候，在一扇玻璃窗观照出的自己
要比镜中的真实得多。那些在黑暗中
逐渐消泯的事物，与你形成了
鲜明的对立。而你的脸
甚至那些被人苛责过的晦暗
却散发着奇异的光芒
这多少得益于你的写作习惯
让黑暗本身，对你葆有了善意
面对这难以言喻的善意，你是否
有过自诘？那些如你一样
深夜伏于案前，在迷雾中探寻答案的人
他们最终都去了哪里？

飞行的秘密

会飞的人总在夜间驰行
他们无法证明，自己多于旁人的
那段高度。像鸟类，因为翅膀
而拥有了上帝的视角。它们同样
无法说出，你所未见之物

我的朋友 L，因醉酒吐露
夜晚的秘密而失去了飞行的能力
作为惩罚，高空使其产生了畏惧
我们登山，在一座峰顶俯瞰大地
黝黑的坳口不过是秘密之一
他曾进入过，更深处的洞渊
——那些吞食他胆气的巨口
如今他被巨口吐出，眉梢还沾有

地底的寒霜。我见过它覆盖的
那双眼睛，漆黑的瞳仁里
仍有焰火跳动

时间的瘦马

如果死亡不是一个族群的
最终归宿，那它可能是一道门
越过者也有回返的概率
当我的瘦马从野地里走来
我确信它一定经历了什么
四围暗淡，一种与光对等的盎然
蓬勃滋生。我在寻找它
消失的鞍具，那条可能存在的
马鞭，和一具嶙峋的瘦骨

它回来了，野地的蹄印
规则有序，一种从未有过的
从容如此清晰——这不是
我的瘦马，时间已还它自由
它的哀伤依旧明亮，仿佛
已然看到，加诸我身的鞍具

登山之前

作为遗言的一部分，阿冷将
过往的书信寄赠与我。冷冽的文字
似乎让我看到了山顶的积雪
——彻寒之下的孤绝
如果尚有前途，我不免为之担心
折身而返和翻山而过，我也会
和他做出相同的选择。我们失去了

搬山的勇气，在越来越稀薄的
时间面前。现在，我把希望寄托于
一根虚无的绳索，西西弗斯曾用它
系住过一块巨石，在陡坡和切面间
找到了平衡的支点。他也需要
这样一根绳索，在积雪崩塌之前

河埠头记事

河埠老人为离人吹曲时
我才九岁，尚不知命为何物
只有年迈的祖父在屋檐下
望着一枚落叶发呆
同样的表情，我在一只猫的
脸上看到过。这距我
知道它有九条命还隔着数年光景

一条大河将我的村庄一分为二
我在下游，在邃僻安静的夜晚
目送过星河远去
也曾试图，在一只猫的脸上
分辨出不同的表情——有时
是我逝去多年的祖父，有时
是我疾病缠身的祖母，还有次
是我妻子腹中待产的胎儿

语言的尽头

当我说"噢"，群山报之以
绵长的回响。这是哲学的开端
一种智慧被另一种智慧覆盖
我看到了更迭的光芒。当我将

溢出的词语咽回体内，细微的蠕动
沙沙作响。它就要湮灭
像某种动物濒死前的绝望，尚有
惊雷伏于云层。还有多少言语
在赶来的途中又折返回去？
群山用沉默替代了回答
一茎枯草，在寒风中无声摇摆

（选自《人民文学》2021 年第 1 期）

简单的算术题

/ 赵志明

简单的算术题

从前有一户人家，三口人：
父亲，母亲和孩子。
（1+1+1=3）
过了几年，父亲去世，
就只剩下母亲和孩子，两口人。
（3−1=2）

母亲想记住丈夫，
孩子想记住父亲；
为了给自己提个醒，
他们想出了一个方法。
（38=34；38=11）

每一年，他们都要互相提问。
先是母亲问孩子，
你的父亲死去多少年了？
孩子就开始计算：
12−11=1
然后是孩子问母亲，
然后是母亲做算术题。

每一年都这样，重复
数字在改变
死者是参照物
孩子在长大，而母亲在苍老。
做算术题，流泪。
有时候也换一下形式，
是问父亲哪一年走的，
这个问题比较复杂，
其实是两道算术题。
（14 岁 =1997 年，14-11=3，1997 年 -3=1994 年）

可是我们不知道世界有什么变化，
他们在他们封闭的世界里做算术题，
有没有从减法做到加法？
世界维持 1994 年的老样子：
父亲死掉，母亲和孩子也死掉。
（3-1=0）

高高的堤岸

是送葬的人群行走在高高的河堤。
是一个孤独的孩子，
虽然走出了送葬者的行列，
但心里依然为死者抽噎悲戚，
逝者如斯夫，是父亲，
而不是这条河流，
这条河流作为刽子手，
部分收留了死者，部分象征了死者，
他的音容笑貌，有时出现在
河水的层层柔波里，
宛如梦里那些急遽翻飞的树叶。

十七年，我喝着这条河流的水长大，
十七年，经过我的唇齿胃，消化排泄，
河流死亡的气息不减。
在高高的河堤，我接受成长的风吹，
变形再变形，以至于我的母亲，
在我的身上再找不出父亲丝毫的印记。
我的父亲无法见证我的成长，
但他没有放弃作为父亲的影响，
多少次我朝河流弯下身子，
在掬起的一捧水里，
是什么脸一闪而过。

美味汤

一些肉切碎
一些小蘑菇切得更小
一些豆腐切成小豆腐
一些青菜叶子是完整的
肯定还有一些什么
是我不知道的
被母亲悄悄加在汤里
她看着我喝，笑
吃完了母亲收拾桌子
也肯定有一些什么
是我不知道的
被母亲悄悄从桌上抹掉
整十年过去了
生活没有变得更好
也没有变得更糟
母亲的美味汤却再没有喝过

龙卷风

让我说说龙卷风吧
那个晚上风雨交加
断电，黑，还有怕
龙卷风越来越近
哪里也不安全
房屋随时会拔地而起
母亲摸黑往灶膛塞一把稻草
安慰她的几个孩子
当烟囱冒出烟火
龙卷风就会改道
放过下面生活着的人家
一整个夜晚，风雨交加
断电，黑，烟囱吐烟
龙卷风是一条逐渐平息暴怒的龙
手搭脑门在老高的天空
四处察看民间求生的烟火
疲于改道
被一个孩子的眼睛渴望

姐姐

他们说我要做舅舅了
我眼巴巴盼着
他们告诉我傻子鱼催奶
我就一个个码头地钓
亲朋好友来看你
拎着伞子，红糖，鸡蛋
和老母鸡
你脸色苍白

好几次我看到你偷偷哭泣
姐姐，你的泪水
让我明白了一些事体
我要用弹弓打瞎
那个欺负你的男人的眼睛
我要好好爱女孩
不让她受半点委屈
可是这些都不能
让你快乐和幸福起来啊
姐姐

街景

一个儿女都好条件
的孤老太
夜里喝农药水寻短见了
为了什么，为了什么

这是两个进城的乡妇
交流的话题
她们坐在大街边上
绿化树的阴影中

用凉草帽扇风
想不明白这么好的日子
怎么还有人愿意寻死

当阴影不再覆盖她们
她们收拾话题戴上凉帽
走在滚烫的柏油马路上

桑葚

桑林翠绿一片
桑葚乌黑，藏身其间。
吃了桑葚的人，一眼就能分辨，
嘴唇到牙齿，全被汁液涂染。
但有的人并没有吃过桑葚，
只是揉碎桑葚涂了个满脸花，
还到处炫耀，他吃的桑葚最多。

桑林翠绿一片
桑葚乌黑，藏身其间。

凉亭

她们喜欢坐在凉亭里
打发时光
一个上午
一个下午
有时候很晚了
还能看到她们
凉亭暗影里的身影
大多时候不说话
就这样干坐着
发呆的发呆打盹的打盹
最后连带着凉亭
也深陷到时间的里面

三棵桃树

有三棵桃树，扎根在土里

不结果子白长叶子白开花
这样要经过三年
到了第四个年头
扎根在土里的三棵桃树
也长叶子也开花也结果子
叶子要少长
风不要吹落花
手指头不要乱点小青桃
三棵桃树站成三角形
你们要拼命结果子
去取悦把你们种下的老人
把你们当成一种经济来源的老人
你们要感恩并且心存怜悯
不要在她离世之前就枯萎
请为她抽青发芽，开花结果

窗口

一切原封未动
锁不复打开
窗户蒙上灰尘
一个老古怪
耳朵聋了
不愿意说话
死了那么久
好像还活着
静悄悄的
不让人打搅
也不打搅别人
阳光定时透过窗户
风和声音被挡在外头
一个乡下老人的博物馆

坟墓之前的坟墓
生活过的痕迹滞留
儿女们不再光顾
她背对窗口坐着
迟迟不愿转过头来

沿着一条河走

沿着一条河走，
沿着一个出事的地点走，
沿着尖只河，沿着马公河，
沿着众多缤纷交叉的河道，
所有有名的或者野河，
不外乎是人工河，
是用手抠出来的，
是用膝顶出来的，
是用身体钻出来的，
有时候会迷路，
但总是能摸得出去，
水往东流，水往低处流，
这样就到了太湖，
这样就到了长江，
再到黄浦江，就进海了，
海水是咸的。

转折

从窗口跌落的阳光陡然增亮
一只蠕虫吓了一跳
开始沿墙根直线狂奔
如果我一动不动
它很快就能爬出我的视域

除非我能上升到宇宙的高度
试问这又怎么可能
后来它又原路返回
回到受惊的地方
从窗口跌落的阳光开始变糊
蠕虫终于穿过阳光回家

午夜的平静带有某种虚假的表情

不知道是深夜几点
我醒来下床
走过客厅
进入卫生间
站着小便的同时打着哈欠
夜晚的平静带有某种虚假的表情
风从窗户进来
一些水滴落向地面
声音反弹进我的耳朵
又在我的耳朵里消失

午后一个点

陷身于快也陷身于慢
陷身于光也陷身于暗
我是这样一个点
圆周和圆心重合
快的时候拉出一条虚线
慢的时候仿佛虚线上的一点
在光里面是一颗星星
在暗里面是同样一颗星星
我就是这样一个点
圆周和圆心重合

对于庞大的世界我毫不起眼
被你看见我就涨满你的眼球

致飞翔的人

那个飞翔过的人
被一群渴望飞翔的人包围
矢口否认曾经的辉煌经历
他只是被风连根拔起
在空中他感到害怕
唯一的念头就是站回地面
那群人说什么也不相信
眼看要急起来
飞翔过的人难免要被
众人的脚轮番践踏
这时候一阵风呼的一下过来
所有人被卷到空中
不止衣袖管
身体里也注满了风
这风可真是大啊

一声巨响

一声巨响
我跑出去看
地上花瓶的碎片
一跃而起
在桌上恢复原状
不见半点破绽

也是在回忆往事
一声巨响

所有的结局都朝后退
生活有了重新开始的机会
但我已是惊弓之鸟
我不想在一声巨响之后
再来一声巨响

后者像是前者的回声

骨灰

我们把父亲的骨灰盒抱回来
睡觉的时候放在床上
谁都知道不应该去碰它
可还是碰翻了
父亲的骨灰撒在被单上
我们将一捧捧的骨灰倒回盒子
感到骨灰的柔软和光滑
手和腿沾上的也被小心抖落
我们还原了一个完整的父亲
夹杂着愧疚、恐惧和爱

（选自《汉诗》2020 年第 2 卷）

向自己低语

／ 野苏子

无题

从不赞美。也不祈祷。

她写诗，只是一个妻子、母亲和女儿，
在一天的某个时刻，
不得不，
单独地，向自己低语。

像一个盲人，又像个聋子那样。

清晨，当你站在樱花树下

清晨，当你站在樱花树下，
用一种可信经验说出它的品类，
或用手机 App 通过拍摄标的图片获取春意盎然的知识，
紫叶李花，
垂丝海棠，
日本晚樱（在飞檐附近恣意绽放），
带来迭进愉悦。
用以抵消一部分——发生在你身上的事故：
当你"无法被该设备识别"。

区别

像去年一样，
她坐在沙发上，晒太阳，
吹三月的风，等待四月。
尽管搞砸了太多事，
她还享有这些。
就像影片中熙攘邋遢的非洲农贸集市，
橙色的人群，
他们活得很艰难。
但也活得很容易。
两者事实上没任何区别。

一种想法

是读《卡拉马佐夫兄弟》想到的：
上帝从不露面，
也不让人类的巴别塔（通天塔）建起来，
是因为他明白——
要得到（人们）永远的爱，就得要（永远）躲起来。

合约生效后

合约生效后，
持续了六年的战争，整个儿停下来。
他们从对方的领地撤回来，
像古老的斯巴达人，或高卢人。
借着夜色，
填埋最后一批死亡士兵的尸体。
听河水叮咚，温柔地喘息。

天空的篮筐

公园里，长椅的一头，一群孩子
吃掉了果泥和奶香榛仁，白球鞋上的小腿多么精壮！
已经不止一次，或即将再一次按捺不住
踢踏腾跃，直到身体的上切线碰触——
那株千年古樟，用繁茂枝叶独独支撑的穹顶
看，游移的云缱绻在不远处
托载一枚天空的篮筐，用度过一整个漫长夏季的耐心
等着看你，一次次腾跃时，都往天空投进了什么？

（选自《诗建设》2020 年第 2 卷）

情绪论

/ 张凤霞

这正是它

桌上，黑石仿佛生宣纸上的
瞳仁流出的墨汁，
拉伸出一根长线条的开门声，
废旧的时针猛然动了一下，撞在吱呀上，
尔后又停在未知的形式里。

盲目的赭石色抖落了些许尘土，
在山石的缝隙，我卡在了时间之中。
几个词语写出的脸型，
被想象出无数个样子，熟知的物种，
碰巧构成其名："这正是它。"

事不过三

做个完整的梦只需一个夜晚，
模仿黑暗如同抚摸星空，
人生虚拟的部分，左手隐蔽了右手。
其实，荣耀缺少自我的陪伴
是孤独的。

两次。我在天空摘下星状的鱼，

厌世的鳜鱼翻动白眼伏于纸上，
不用哭泣也会涌出一滴又一滴流星。
当我带着阴郁离场，
闪烁仅仅是另一个意外。

消失的镜像

那些荣耀时远离我的人，
那些在低谷捞起我的人，
那些徘徊深渊旁等我的人，
那些为车站放一束玫瑰花的人，
那些在风卷落叶时喊我的人……

时间中一个动词微微地侧身，
打碎了多少镜片，复制了多少
明亮的我。这必要的谦卑，
将每一个裂缝粘合起来，而命运的
影子，依然愿和洁净的自己言欢。

情绪论

曾经拆卸一件礼物过于用力，
导致诗意内部呈现的惊喜快速丧失，
当它落入另一人之手，
那些公共的情绪如同击鼓传花。

学会将廉价的感情放入句子的夹层，
是这几年的功课。
想要赢得自我的拯救，我必须
在词语的背后，熬一碗晦涩的浓汤。

写到嘴唇和亲吻，你不能过分情绪化，

一定要等到我们分享过理性与克制的折磨。

去博物馆

这里，每一种骄傲都隐藏了一片落叶，
金色的空间，银杏叶在下雨天赶来，
它们的荣耀有不解的叹词：
好运与历史的误会。

馆藏虚掩的时间仍然准时，
古老的物件有着安静的心跳，
你是未来的闯入者，在过去节外生枝。

一个人背着写实的山水而来，
却用了写意的笔法，我虚构的花鸟，
在故事的结尾处踏空了一脚。

祝鸡健康

语速一直很快，快节奏会丢失很多细节，
每天去菜市场的步子应该慢下来。

已经提前一天在商贩手中订下一只土鸡，
翌日清晨，新鲜的鸡鸣从挂钩上取下，
才默默于喉咙处咽下"祝鸡健康"。

它曾抬起红色的鸡冠，在早上 7 点钟准确
传递时间，以它的命运表达了它的骄傲，
使我们体会到身边事物带来的感动。

我真的应该再慢一些，写得再具体一些，
写出我该如何像它一样理解时间。

天街

天气越来越冷，僵直的树木露出青筋。
我依然有公园漫步的习惯，
看前面一座桥把地面抬高几分，
寒意恰似被天街隆起。

有人迎风走上半空，她们的头发、丝巾和
扬起的衣角，都充满了羽毛的轻。

一张过时的照片，我使用了仰视的角度，
空中新添的鼠尾花即刻浓淡突兀，
生活逆光时，就像她们一样墨分五色，
仿佛一双眼睛提前镶嵌在天幕下的冬夜。

思考

有时常走的路突然就行不通了，然后停下，
看工人们打围、挖掘、整修、埋管、
布线网，会偶尔遇到某种觉悟的东西
或曾经被立刻遗忘的经验，
鲁莽地拉着另一个自己，问对方
何时被空中飘下的落叶误解？答案是：
一会儿狗血剧，一会儿又叙事平庸。
当等到童话长大为成年人的模样，
同一版本却使用了不同时代的语境，
同义词不再有复数，路，只能绕道走。

凌晨三点

凌晨三点，他几乎从不睁开眼睛，

一张小嘴张开，在我身旁吃饱喝足。
这是喂养婴儿的时间，我每天按时醒来。

他用婴儿式的小闹钟，
为我的每个关节设置了口袋，活力而饱满，
我血液中的夜空，星星全面爆炸。

醒来，醒来，凌晨三点的婴儿按下开关，
他藏起身来，不愿长大。

我那婴儿的、年轻的、五十余岁的肉体，
凌晨三点，我掏出了所有的虚空。

（选自"向左呼吸"微信公号 2020 年 12 月 30 日）

在绿色阴影下

／ 陈翔

在海河边
————给仁浩

春天很慢；顺着喑哑的河道拐弯
水，凝结成死亡的 X 光片，
拷贝着影像。一些紫色圆点
滑向我们，它们有辽阔的双翼，
有红色的坚硬的嘴，轻快地来去，
像一小群喷气式飞机（冒着冷烟）。

水面：一幅冰封的世界地图。
地壳在运动，伶仃的大陆
在漂流；这水中的柏林墙，一道道
拆散又重建。墙在风中变幻，
碎的钻石，坠落的星辰，
被歇脚的水鸟当早餐。

我们说，比鸟更自由——
它们是飞兽而人类是上帝。
但鸟轻轻跃起，就越过了我们
和文明，越过了这地表的一切。
桥，一只更巨大、哀伤的铁鸟，
像卡夫卡的眼睛，将我们凝视。

倒影把建筑物囚在水中，那是
另一重世界：永远无法进入。
若我们是大卫·霍克尼，可以用画笔
完整地打捞水下的印象；
若我们是奥尔弗斯，可以凭歌声
从地狱中去而复返……

然而，我们什么也不是。
我们只是这冬日里，两个旅人；
背着手，望着远处的孩子
迅疾地将球抛掷天空，在降落以前
跑到河边，变成两个正在打鱼的
青年男子，而后是中年，爬上了岸。

在河流的不同阶段，
我们瞥见了不同形象的自己。
但在静水深处，一个未曾注视到的
地方，事物的本质已悄然变化。
我们攥紧冰块，像攥紧冬天的一角：
这枚剔透的心，容纳了整座海河。

在绿色阴影下

绿叶环绕成屏风，将时空
分隔。像小说中的角色，
他和她坐在小区公园里。暗夜，
无人：对面楼房亮起窥视的灯。

他细数这些眼睛，这些黄的、白的
侦探，一二三四……像细数杏仁，
把自己也数进去，而另一个自己

正在看他，他不敢掉转头去验证。

"绿啊，我多么爱你这绿色。"此句
恰好用来形容此情此景。他抬眼
望见上空，枝叶横、斜，从空气的
花瓶中溢出：重重叠叠的幽灵……

而她承受风——穿过水做的肉体。
承受丰盈，和丰盈之苦。对逸乐的
欲望已被消磨，如那枚戒指的空；
她是一个弱女子，祈祷一份新生活。

但怀疑幸福的不可能，和不被允许
准确地表达。5/5 的她属于真，
直到这一时刻，被按下了暂停键，
不得动弹，仿佛蜜被粘在蜘蛛网上。

马路口的世界是另一重剧情：光
代替他们，走向上升的现实。那里，
他有一份工作，她有丈夫和孩子；
穹顶的绿色，许诺将庇护他们到永久。

左右

那个喝醉了酒的人，是我：
我的右边，今夜比左边轻一克。
走在昔日的路途上，我倾斜地
迈开步伐，像九月秋风中的孕妇——
都怪我，多喝了那一杯酒——

星空在我面前变了样，整个儿地摇晃。
我的双脚稳稳踩住：生活的高空钢索。

它的腰肢过于纤细，一次只能承受
一半重量；有时是"左"，有时是"右"。
我不得不完全抬起一侧，

并忽略另一侧的存在。虚幻的
观众为我的腾空喝彩；然而我知道
那不是真的。那不是
真的生活。在真实的部分中，
人们只是坠落，坠落……

在颐和园

向后退，朱红宫殿和青青垂柳向后退。
四面水波朝我们涌来，形如一场埋伏。
我们划过十七孔桥，划入古典的湖心，
像皇帝和他的水工，将这昆明湖游赏。

浑然在眼前，南湖岛似一块水制的玉：
几乎真实，几乎碧绿，几乎触手可及。
小船趁东风，两双脚踝努动湖的踏板，
你我绕岛屿打转，陷入历史的怪循环。

远在天边的远：云速如箭，山影清浅；
风物变幻着眺望，与岸上的人群隔绝。
试看蝴蝶掀起风浪，风浪又卷动波澜，

河流返还给人类的，终究是人类自身。
我们置身于蔚蓝的中心，领受着苍翠
的抒情；四壁满是风，是水，是回音。

散步的云

我想记住这些云。记住
这些美的名字，记住这些
屋顶上终年不化的积雪，
这些住进蓝色躯体里的心；记住
风：肋骨间突然的心跳加速。

有楼名为春天，云在春天的楼梯上
诞生；在梯子的顶端，我们
看得见、摸不着的深处。
蓝到了极限，就爆裂，就有了云
徘徊……在通往天空的路。

云和阴影并生，像双重编织的
花环：植物和它的姿态；
像旗帜和风，杯子和水，
坚硬的和柔软的，共处一室：
一对孪生的姐妹。

云天静止；半轮月亮似有还无。
一只喜鹊，穿过我喜悦的眼。更远处，
一个云点划出一道笔直而细的线。
云散步，我也散步；云携我
（我写云），在白茫茫的宇宙中漫游。

我要记住这些云。记住
这些美的名字，记住这些
屋顶上终年不化的积雪，
这些住进蓝色躯体里的心；记住
风：肋骨间突然的心跳加速。

（选自《诗建设》2020 年第 2 卷）

我可以

／ 大树

我可以

当影子，粘在墙壁上显示
我最清晰的一面：
我可以与墙壁对话，
流着泪，翻
你留下的账册。名目歪斜的线影。
我可以，与大地对话，
当月光照耀地表反射
我无暇忧思，
并源源不断地奔向远处。
我可以铭记，无缘无故的笑与痛苦，
接近烂果冻般细密的潮湿
——那虽甜美却弗敢吸食的过往
是你彻底远去
而不再归来的，前世……

我没有下落的感觉

雪停在温暖的草上。
鸟落在无风的树上。
苦乐参半的生活在这世间
……我没有下落的感觉。

快乐与痛苦好似
生死相依的昼夜。
我只有扫帚
和盐巴——毕生在街道上求索。
我只有正在消失的现在。
（日后也不会有人铭记我。）
这短暂的一日之间，
是我的心绪
欲拉拢漂亮的感觉
……陪我度过一生。

镜前赏析

他们将羞怯旁置，举着烛光
靠近我的脸。我只露出我的眼睛。
他们问我什么，我都沉默。
我是衰弱的秘密，灯光不足的房间
吃着薄薄的尘土。
可以不是雕像，但一定要垂涎。
雕像的意义是令人着迷，
或徒劳的研究——
谁不是一边封闭，一边提供线索？
面对自己，我时常咬紧牙关，
肌肉或许能带来清醒。
但从未有人听到我说，镜子。
有时候，我真的躲在里面，
自己望着自己，鼓足勇气，露出笑容……

雪天即景

读了一天诗之后，
我们说，睡眠。

一瞬间的诗意，
其实都不是真的。
醒来时就真相大白：
雪天行人的脚印
只会越来越多——
满地球的豆腐
只会继续被毁坏！
除了诗人的屋顶，
冬鸟的眼睛，和
刺眼的窗子——
你我热爱的一切
永远不会脏。

动物园怀友

无法拒绝的云朵漫上枝头。
春天啊，和我那么近
……可我还是必须
在这圈套中，有所作为。
我去做大象和野驴的摄影师拍摄
时间的走，与停息
——它们真的很快就老了，
蹒跚地走回洞穴。我真的也快忘了。
故人们常常凭借往事与我关联：
嘿——你！最近过得好吗？
我只有璀璨的声音回应。
似乎每次都是如此——
在遗忘奏效之际，
他们想起我，如想起一件危险的事。

庆生

好端端的我
走进二十五岁的大地
和比之更老的房屋中。
父母亲站在
我黑色棉袍的阴影里
看我跳舞。
地上是一枚发光的硬币。
他们说："我们，仅有这些。"
表情木讷。但是很好了。
凭借这绝世大舞台，
我有力的肢体一直在变轻。
而一直在变轻的也叫他们愧怍：
"二十五年了，
未能给你新房，蛋糕，和果酒。"

（选自《夏季风》2020 年第 1 卷）

滚石之夜

／ 韩少君

一块锈铁

我是多么容易，就放弃了
自己的青春。
羊皮袋里的时光，一天比一天
漏得更快，什么时候

我让一块锈铁
在我背后，突然跑动起来。

夹杂在人群里，夹杂在，新一天
青白菜、红萝卜和异域熏肉的
气味之中，我走进菜市，其实
当年，这里是一家屠牛场

我似乎，又一次看见
用来剁牛耳的，那块锈铁
甚至，听到了那"咚"的一声

是午夜的哑子，将它，从
月光堆里，掀了出来。即使

在床上，丝绒内，它也会

一下子找到我，一块锈铁，即使
我们正在拥抱，它还是能
出现在我们中间

一个个疯女人，指着
洁白的布单说，真的
闻到了一股铁锈的腥味。

现在，一块锈铁
出现在山下，我晨练的道旁
在距离悬铃木 2 米的地方，一块
锈铁，接受了几颗清凉的水露

一块锈铁，使
我的血液正逐日减少

一块锈铁，曾坐过某位女子的肥臀
三年的北风，吹呀，吹不散她的热量。而

此刻，只有一只布谷鸟
站在锈铁上
它沙哑的声音，有这个春天
真正的金属，也含有
郊外平原的，那份寥廓

铝合金

我发现铝合金，是在武昌。
7 月 6 日深夜，下着大雨，车灯晃过
在铝合金窗框上一闪，那一刻
我手中的火柴，颤抖而落，顿时一片漆黑
那位刚才还大谈瓦雷里的

家伙，躺在布单上，一动也不动

修复

一个女人，开始迷恋自己的躯体，那是
多么危险，借另一张脸，假寐的女人。
我喜欢说谎话者，佩饰石玉者，嚼甘草者
喜欢提着麻油灯，在水下走亲戚者
我喜欢呀，我真的喜欢美女，喜欢你们
不穿金，但必须戴银，叮叮当当
像铜器匠的女儿。喜欢你们
走进大雾，而非站在山冈，抱头痛哭
为最初的一两滴经血，赤脚站在木板上
大闹春风。一个破坏者，对于女人，同时
也是一个真正的建设者。女人的改变
始于声音，给一根银针，便从血液开始
修复美女，需要我们掏出足够的砂石
否则，就只能指望下一代了

老虎

北方诸县，叫她老虎，
捉一只，投进蚊帐，也捉一只蚊子，
黑暗中，它们砍砍杀杀。
这只花虎，进酒吧，学文化，扮新娘，剪尾巴，
三年不到，丝绸不要，磨破了胡人的兽毛之榻。
三年过去了，这个风骚婆娘，日渐宽大，
剁开她的香瓜，
吃下她的沙葱，
从此，我和她一个买马，一个杀马。

农历九月二十五日，咏蛇

下山饮水，
可以空腹，
用禅房后流走的净水清洗暗绿的苦胆，
一条毒蛇到了这个时候，可以疲倦。

张八的锄头砰的一下，
也未曾砸碎什么。

它有光滑的液体，
现在没有了，
潮湿的腐叶上，
它已经不能够滑行。
这一天，我大胆地看了看它的眼睛，
用两朵石榴花赞美里面喷吐的光焰。

我们彼此缠绕，
我瓮一样向上敞开的形体，
夜里凉了下来。
我做梦也没有想到，
天上地下，万物风流，有那么多自由的星宿可以利用。

第三种力量

不比他人
并未读多少薇依
全名西蒙娜·薇依，学师范的
薇依，对《无产阶级革命》杂志社
深怀友情，像一只湿蜗牛
爱上那些不存在之物

1943 年，艰难的
南部战线，游击队员
个个都像艺术家
不理发，空余时间
也写纸条，如果
橄榄在这个时候熟了
那是另外一回事

这些法国同志，和正在剧烈咳嗽的
薇依一样，相信，有第三种力量

《落雨》补记

雷声里炼过的事物，今日胜过往日？
还有，还有就是昨日的闪光

天空多次出现诱惑的线条
那些空白，由几场大雨来填补

老琴手挎着音箱，在河边左右为难
捶打胸膛有啥子用呢？天地之间

万物失去最后的一次扬花的机会
云线压住了汉江两岸古老的水田

一行白鹭在昏暗处，切开一个口子
巨硕的建筑披着流泻的灯火

我从蔡湾的叉口下到河边，看见
路人甲，骑摩托，追赶那件反光的雨衣

工棚里，一宿梵唱，一丝气息
大水舔我脚踝，舔着开始发痛的膝盖

我随手拖一根木棍，回望一眼
出租屋外，砰的一下关错门的孩子

我依然惧怕，水拍石岸的的空响
依然惧怕那条抛到岸上的小蛇

中午

还搞到了一个炉子
这不是吃肉的时候

倒一杯酒给我，这样
干活会轻松许多

让人纷乱的声音，除了蚊子，妈妈的
木蒸屉。写作，变成一次次引诱

三天冬瓜汤，两个人睡眠，中午
拐弯处，电器工人的眼波很直接

我服了几个四川兄弟，他们都会呀
会制造另外一种空，笨重得不行

让我的语言没有吐出
先在口腔肿了起来

怎么从裤兜里摸出了小狗的零食？
滑出去的塑料袋，一阵阵，惊惧。

（选自《汉诗》2020 年第 2 卷）

诗集诗选

《万物法则》诗选

/ 徐萧

安达曼海

在所有的凝思中，咸最能刺破。
山在绿中宁定，鸟在违规中冲印沉默的界限。
它们短暂停留于枯枝，又掠过鲜涩的黑荆。
这种神秘，一度为我打开。

无垠，包括对万物的命名，
在你的面前，甚至在你长久的失去下，
我是被告。
我的身体不被允许提笔写下风帆，
如同官僚的汗映不出南十字星的蓝。
勃鲁盖尔，我已漂得太远，
无法再从一个风暴，进入另一个风暴。

埃塞克斯郡邮差

墨绿肥肠大街，死亡精准测算如
一台红旗牌缝纫机。
这世界每天有那么多悲痛，
烧毁通往彗星的地图。
我是自己的广场，
挤满自我流放的陀螺——小小的奇异恩典。

谢谢你的触摸：一次错过，
厢式货车里生锈的鳄梨，以及
"平庸大学"录取通知书。
这些我都不再需要，除了你日夜看守的
霜月之门：你的脸。

郊外

红色围墙，一片黑羽捎来
风暴的讯息。
我渴望你的掠夺，如同渴望爱人引我进入。
暮色稀释甜的密度，以及从中滑出的
焦虑之手。
在无法辨认的亲吻中，
待售的新词宽恕过去的我。
一座私人墓园，闯入它，顺道拜访
更暗的温度。
我想起午后新割的青草，
照亮岔路：
疼痛携带镰刀，提纯悔恨和芳香。

静安寺观雨

雨在这里毫不稀奇，它们
在恰当和不恰当的时间落下，

选择封闭一座城市，
又开启它。或者敲打车窗，

或者袭击公园里的森林。
而此刻，是我。

我站在地铁车站的门口，
手里拿着一本诗集，

但我不能去读。
也不能去问小贩，伞的价钱。

人们都在等待。而我
将那本写满事物的书，顶在头顶，

冲向无人的街道。

金国鱼粉

在这里生活就是吃粉。
早上吃，中午吃，
现在晚上十一点人们还在吃。
我也吃，和周乐天吃一碗——
晚饭肖水请的，大伙都吃撑了。
人的食量就那么大，
吃了牛肉就吃不下羊肉，
吃多了米线就吃不下米粉。
但融在汤汁里的鱼味儿，
仍能穿透那股饱胀感，叫醒欲望。
他们在暗影里默默打量，
永不退场。
在昏聩的郴州午夜，风吹着，
坏了的店招牌闪烁漩涡，
我们嘴角的油渍愈发清晰。

一场球赛

中场休息时，星云女士买了一杯冻土可乐。

暗物质漂亮的偷袭，引爆场外的超新星。
边缘在加速膨胀，回放显示时空射手已然越位。
你从黑洞捞出月球：
叹息中，那只手轻轻抖落一艘倾尽全力的飞船：
无花果巨大的叶片。

陈淑桦冰淇淋

应该有一款陈淑桦冰淇淋，吃起它
就能获得数种回忆和安慰。

在昏夏的县城影院，二手悔恨
正悄悄吸取我们年轻的脸颊。

白鹤在公园踏步，然后消失，犹如牙痛。

大场镇秋日法则

你提着歇脚的椅子。有一片天空把芬芳喝干，
一株桂树泄露触摸的艺术，
风竖起晚霞，我想在此刻记起什么，
却发现遗忘得更加彻底。
在南中国的晚秋，城市如一只杯盏，
一个父亲在它的边缘散步，在"无"中探寻慈爱之法。
攸米，我的女儿，
你眼里的水叫住我，燃烧我如我燃烧自己。
在那之前，我熟悉各种失败的形态，
比如在干涸的湖泊里游泳，
从死者的证词里取蓝。还有一次，我几乎
就要随一只蝼蛄一起滚动星辰。
现在即便宇宙屠宰场永不歇业，攸米，
即便生活的歉意迟迟不来，

我也准备好了，在庭院里端坐。
仅余的、小小的，一块不那么蓝的天空，
捎来春雪，引我上升，又带我下沉。

纯真纪念碑法则

八月正午，晴日照管河畔的一切。
草绿得舒心。
我走在发烫的堤岸，
无聊的童年时光，蚂蚱和青蛙
已不能激起欲望。
往河里撒尿，抬头看会儿云。
一只白鹅踱过山影的控制，
那么闪耀，那么美。
我扼住它的脖子，
翅膀扑起的尘土吐露迷人的雪讯：
生命在结束生命的一刻呈现。
慈悲，在恐惧开始擦拭自身的同时被唤醒。
我知道母亲在等我回家，
桌子上的樱桃，一个比一个粉嫩欲滴。

（选自徐萧诗集《万物法则》，长江文艺出版社 2020 年 11 月版）

《眺望灯塔》诗选

/ 一度

中年生活，如遇险境

到了中年，我所见的江河湖泊
皆为缓慢。那些凶险的
湍急的，已经和我的青年时期
混为一谈。有一次
特意跑到长江边，进港的渡船
已经是最后一班
对岸的菜贩们背着空篓筐
他们看着灯火的眼神空荡荡的
我知道，那里曾经住过高楼
也住过废弃的车站。生活从来不会
通过翻涌的江水表达不满
也不会如我此时所望的塔吊
孤悬头顶，像随时落下的大半个天空

见友人

吃完早餐，天色晴了
远方的事物露出本来面目
昨天，我还穿过风雨
看一个友人，几把未完工的古琴
横在我们中间。我们几乎绕过了诗歌史

像两个赤脚的人
第一次站在秧田中间的惊讶。
我说，留下来吧，小城需要一个诗人
和一个斫琴师。
想起某个夏日，在一个诗人家中
聊天，傍晚了
几乎看不见对面的他
身边的河水，努力地想成为一首诗
我们先后成为黯淡的星光
回去路上，还盘旋着古琴的第一次发声
还在为那一次
没有及时点亮的灯盏懊悔不已

越来越少的我们

越来越多的人成为他们
越来越少的成为我们

初秋稻田，收割稻谷的人
村口小卖部，送桶装矿泉水的人

列车停下间隙，那个奔跑一公里[1]
去武警营房见儿子的母亲

一起抬水泥，悄悄将担绳
移向自己这边的父亲

晚风中熟睡的莲藕。它们孔洞里
住过的神。

---

[1]　聂金莲做了24年乘务员，有一次，原本不跑上海线路的她临时顶班，第一次随着工作列车来到上海。离终点上海站附近一公里多，有她儿子所在的军营，列车本应该停留70分钟，可是这天晚点了50分钟，只剩20分钟，她一路跑着悄悄去营房去看熟睡中的儿子。

工人们在花园浇水

工人们清晨给花园浇水
橡胶水管喷出的水雾
将树梢的阳光，一寸寸抬高

只有这个时候是安静的
世界仿佛还没醒来
花瓣离开枝头，草籽仰望天空

风经过身边，它们刚刚
跋山涉水。累了，也会在湖边歇歇

我爱这琐碎的生活

习惯了琐碎的生活，一日三餐的菜单
就是随手写下的一首诗
在铁锅里，和滚油一道翻炒
一个个早晨，像飞出去的一只只鸟
上午，我想穿过那片杨树林
高高的树梢，还挂着鲜亮的露珠
午睡后，花园就那么空着
长椅空着。像稿纸上空着的一句话
所有的人都在忙碌
只要一抬头，就能看到你们崇高的理想
在天边越来越远

我们都在为生活奔波

割完韭菜，菜园荒凉无比
河水养活不了沿途村庄

都在忙碌的途中
开小吃店的人
贩卖蔬菜的人、挖藕的人
做木匠的人、推销塑料袋的人
卫生室的乡村医生
扛着铁锹的森林防火队员
果园里打盹的人
都像这些滚烫的韭菜，饱含热泪
但从不放弃生长

振风塔顶

振风塔顶，趴在栏杆上
看远去的江水
夕阳正湮没我的头颈

还有什么，被阳光轻轻
锯过，而从不喊出疼？

村庄

没有什么被值得反复歌颂
被反复消磨

落日如洗。照亮
母亲最后一块自留地

新米在桥头蒙上灰色
昏聩的古树下，孩子
听到身体的芦苇，渐渐拔高

（选自一度诗集《眺望灯塔》，长江文艺出版社 2020 年 11 月版）

《云头雨》诗选

/ 朴耳

蝉鸣两种

初夏的蝉鸣忽地就起了。不能一一
回答，这来自树梢间的质询
高处的蝉鸣像一把锐利的冰斧
持续锤击我的后背
我面向它，却接不住

另一种蝉鸣有着令人困惑的延宕
既灵动又迟缓，它来自我自身
闭上眼的时候它叫，一睁眼它就噤了声
此时，我的背部显现出一种
更深的陡峭和更大的决心——
等待被击穿

底细

那天我们坐在湖边长椅上
看了会儿山，还看了会儿鱼
湖区是暗房里的底片
在午后的微风中慢慢显影

天越暗，事物的轮廓越清晰

后来，看鱼的人变多了
到底是人先来的，还是鱼呢
他说，大概人群里有鱼，鱼群里
也有人吧。所以这个问题很难说

他看了我一眼，似乎在等什么时刻
我缩了缩鳞片，咽下气泡
这时他站起身，说一起去游水

我们的船即将穿越海峡

行至海峡细长的瓶颈处
沿途，皆是墨蓝的创伤
一艘船静静地漂远
像海的另一只耳朵，失去听觉
我们挥手，打出耳蜗中极速旋转的信号
那艘船停在海平线上
我们看见海豚和散落的岛屿
原来海的影子浮在水面上
比它自身小那么多

于是得到安慰：
我们还可以湛蓝
可以腾空
可以不用收缩影子

最后的火焰

露营那天，我坐在水边
看夕光一点点消散
鸟儿归巢，草丛里有声音
萤火虫点亮了尾部

一盏一盏小灯有节奏地亮起
像晚安曲安宁的尾声
我忽然想起奶奶离世那天
水边也出现过这样一支
小小的送葬队伍
举着比她这一世见过的还多的火把
送她走过最黑的那座桥
我竟有些羡慕——
并非所有人，在最后的时刻
都能见到火焰

火花与冠冕

清晨，一头麋鹿在空旷的沼泽水域踱步
蹄印呈现不规则的圆
一圈比一圈大
它高昂着头，绒面的鹿角
像一顶贵重的皇冠
悬蹄踏过水藻，发出脆响
仿佛身后跟着看不见的仪仗与仆从
当海上第一缕阳光打过来
它形而上的角瞬间点燃

我也想回到鹿群
在无人处踱步
头戴加冕的火花

莺鸟之死

大雪将至，天空低矮静默
一只莺鸟于寒潮中死去
僵硬的身体，成为自己的墓碑

昨夜的小小颤抖

没能帮它抵御死亡

雪落下来，世界又将变成一个新的了

一只莺鸟在社会学范畴中死去

莺鸟家族的生物学意义日臻完善

雪中的胡桃楸也在等待一个结果

被折断或是冬眠于根部

我离开背阴的山坡

不再掩饰

延续自昨夜的颤抖

观鸟

蓝色尾羽的灰喜鹊在鸟岛外围盘旋。

从蒙古栎树的密叶中，

飞向白皮桦的环形迷宫。

这种鸟不上岛，居边缘地带，

机敏轻盈。飞行的最后时刻

收拢双翅滑翔——

整个飞行过程中最美妙

最平稳的姿态，

来自不飞。

清单

在明天的喑哑来临之前，我将说出：

一段即将开始的旅程。

消失在密林深处的蹄印。

一架与星空同行的航班，随之

产生的永恒螺旋体。

来自树梢的坍塌，篝火中奔跑的夜行动物。

七月墓园的清凉给死者

带来安慰，守陵人把碑描红。

群鸟飞离树巅，有人远走。

蚂蚁留给浮世的呜咽，不悲凉。

蝉蜕的战栗和晕眩——

传自太阳的隐疾。

一根草叶的阴影和朽了的根。

空原野，站满愁容的马匹。

三万只蜻蜓振翅，风里

灌满甜的乙醚。

在湖边钓鱼的人，吊钩和身体依次

变蓝，鱼饵是沉底的动词。

以上种种，我将一件一件详细说出，

之后再不发出声音。

羽化

一阵婉转的啼声传来

他听到与己对应的虫鸣

那声音犹如林中利剑

急于吐掉胸中燃烧的马蹄铁

一声声斜刺进树干

刻下赴死的决心

另一种虫鸣加入了

他听出声音中的结晶

声带剥落的倒刺析出皎白颗粒

仿佛鸣叫的不是晨雾中的昆虫

而是一面光洁的盐湖

有东西沉入湖底

盐湖被抬高三寸

后一种虫鸣扶起前一种
树林在它们的和鸣中暗自矮下去

虫鸣渐渐息了
他看到一双夺目的蝴蝶，从容飞出
在晨光的加持中
脱落两件灰色的羽衣

（选自朴耳诗集《云头雨》，长江文艺出版社 2020 年 11 月版）

《花期》诗选

/ 吴小虫

回乡记

北风吹着我的缺口
发出呜呜的响声

这互相伤害的爱
让人哭泣

无如体验

四年前，风吹蒲公英
中秋那天，坐船在三峡
望月

四年后也是小半个
重庆。
柯艺兄约
婉谢，点了干锅
里面有排骨和肥肠
豆芽、木耳等

酒。

虽然肥肠已焦煳
路灯看上去清寂
多么好啊
你的心成为仓库小猫的心
拖把上爬着蜗牛的心
门前广玉兰之心

没望月

花期

四月里发生的事
先是，池塘里莲叶初成
某天早上，去晾晒衣服
高高的树下，鸣蝉
开始了一生的吟唱
之后又听到布谷
散布好消息的俊美角色
谷子就要从大地长出来

而门前玉兰，朝着阳光的
大朵大朵先期开放有三
风中摇曳，雨中静垂
无须问其他花何时
同是一棵树上，组成了
静静站立的黄昏

明亮的部分

为什么不轻松一点呢？
事物总有倒影，而你刚好在阴影中

保持单纯、善良、谦虚
永朝着事物明亮的部分

怎样的苍凉如水，怎样的明月我心

硬着头皮走了三十三里后
接下来，还要硬着头皮走

午夜始照见，美德如此缺乏
（美德只能缺乏）照耀

像羞耻被荡开又收拢，终究
浓得化不开的词语

人生坐上了蹦蹦车
有时千万不能想太多

我意识到了过往日子的徒劳
微微在额头沁出汗水

片段的活水

在搜索引擎上，键入"缙云山金果园"
几乎，都是，清一色的导游广告
以及不痛不痒的吃喝玩乐
（我们这个时代的整体景观？）
我也是听了70多岁的老太胡泽惠闲聊
去年国庆，金秋十月
嘉陵江水深蓝、浅蓝？裤腰带蜿蜒
在一片广柑林下，在一排排沉睡者的墓前

我觉得我有点历史感了，历史的灰尘

总在夜晚的灯下被弹起不停打喷嚏
如果诗歌只能告诉我们当下，也是种折断的
失去。总有古塔下的看门人出来倒水
总有破庙晒着冬天暖阳的尼姑
并不讲述，角落残雪，柱子刻痕
你朝那口枯井凝视如果，片段的活水
就是过去、现在和未来

凝视
——香积寺门前乞讨婆婆

不是高低，而是山
不是盈虚，而是月
不是古今，而是寺
不是贫富，而是业

你所看到的未必真实
也许她是为表法而来

不是道德，而是知
不是灾难，而是恶
不是技艺，而是心
不是爱情，而是悲

你所看到的是事实
黄色胶鞋，卷起裤腿
一顶草帽与衰颜

她是在向我们乞讨吗
合掌的瞬间向着天

（选自吴小虫诗集《花期》，长江文艺出版社 2020 年 11 月版）

域外

无形之手

/ （波兰）亚当·扎加耶夫斯基
/ 李以亮 译

咖啡馆

柏林

在一个陌生的城市，这家咖啡馆有着一个法国作家的
名字。我坐下阅读《在火山下》[1]，
热情已不似当初。有待治愈的时间，
我想。或许我只是一个庸人。
墨西哥是遥远的，它的星辰
并不为我照耀。逝者的白日缓缓而进。
充满隐喻和光的假日。死亡扮演了主角。
邻桌的几个人，各自不同的命运。
谨慎，悲痛，常识。领事，伊温妮。
天在下雨。我感到一丝快乐。有人进来，
有人离去，有人终于发现了永动机。
我是在一个自由的国家。一个孤独的国家。
没有什么发生，大炮在睡觉。
音乐不偏向任何人，扬声器舒缓
播放流行曲，慵懒地重复着：许多大事将要来临。
无人知道：该做什么，去哪里，为什么。
我想着你，我们的亲密，秋天
来临时你头发的香味。

---

[1] 英国作家马尔科姆·劳瑞的著名小说。

一架飞机从机场起飞
仿佛热情的小学生听到了
老校长的吩咐。
苏联宇航员宣称他们没有发现
外层空间的神，但他们真的寻找过吗？

钢琴课

那年我八岁

钢琴课在邻居家里，J 先生和 J 太太。
第一次，我去他们公寓，
那里散发不同气味（我们家没有气味，或者
只是我以为）。到处是地毯，
厚波斯地毯。我知道他们是亚美尼亚人，
但不知道亚美尼亚人何意。亚美尼亚人有地毯，

浮尘漫游在空气里，从利沃夫
进口的浮尘、中世纪的浮尘。
我们没有地毯或中世纪。
我们不知道我们是谁——也许只是漫游者。
有时我以为我们并不存在。他人才存在。
我们邻居公寓里的音响效果可真不错。

安静。钢琴立在房间
仿佛懒散、驯服的掠食者——里面，
在其心脏处，住着一只音乐黑球。
J 太太在我上过一次或两次课后
对我说应该去修习语言课程
因为我对音乐没有显示出任何天赋。

我对音乐没有显示出任何天赋。
我应该转而修习语言课程。

音乐总在别处，
难以接近，在他人的公寓。
那黑色球体藏在别处，
但也许还有另外的相遇，启示。

我回到家，低垂着头，
有一点抑郁，有一点高兴——家里，
没有地毯的气味，只有几幅业余水准的画，
水彩画，我带着一丝苦涩和兴奋想到
我只有语言，只有词语，意象，
只有这个世界。

毫无防备

纪念鲍娜·马拉瓦西

2005 年 9 月，我们度假归来，
在铺好绿色油布的
餐桌前坐下。
尼古拉电话突然打来，问，知道吗
鲍娜·马拉瓦西忽然
死了，在早晨，
在星期天，威尼斯一家旅馆。
不，我不曾听说——"死"和"鲍娜"，
这两个词，还是
第一次相遇。
鲍娜刚满
四十岁，
美丽，爱笑的女人。
在高级中学教授希腊语和拉丁语，
写诗，译诗。
"死"这个词要老得多
且从不会笑。

几个月过去，
我仍不相信她的死。
鲍娜研究生活与诗，
研究古代和今天。
没有什么预言过她的死。
照片上，她安详而平静，
她的脸，毫无防备。
她的脸，仍在召唤未来，
未来却被打散，
现在朝着另外的方向。

关于我母亲

关于我母亲，我什么话也说不出：
她是如何反复说，在我不再和你在一起时，
有一天你会后悔的，而我如何不相信
"我不在"或"不再"，
我如何喜欢看着她阅读畅销书，
总是从最后一章看起，
如何在厨房忙碌，确信这不是她
合适的位置，她煮星期天的咖啡，
甚或更糟，切鳕鱼片，
在等客人时，研究镜子，
避免镜面映出她本来的样子（我与她
在所有这些缺陷方面相似），
她是如何不停尝试
非她所长的事物而我是如何愚蠢地
揶揄她，比如在她
拿自己与贝多芬变聋相比时，
我竟残忍地说，你知道
他有天赋，而她如何原谅了这一切，
而我如何记得，如何从休斯顿

飞往她的葬礼，却什么话也说不出
直到现在。

墙

纪念亨利克·贝利斯卡 [1]

他看上去总是很年轻，
总是沉迷于新的项目和计划；
他不间断地工作。
他爱谈起最后住过的
公寓的窗户，东柏林的窗户
在墙上提防着那些年月，提防着
西方，那谜似的、被禁止的土地。
墙壁被霜覆盖、被雪覆盖，
被雨水在五月冲刷得潮湿而光滑，
在秋天变黑；
墙——一个靠自己的东西，
德国理想主义哲学的宝石。
当《转变》[2] 到来，一个真的转折点，
亨利克更显年轻了——
他决定开始全新的生活，
作为自由人，
开始自由之国一个公民的生活。
他不理解那些
为独裁之终结而服丧的人。
他充满热情，
但他在乡村（他在那里有一所度夏的房子）

---

[1]　亨利克·贝利斯卡（1926—2005），德国作家、翻译家。他出生在一个讲德语和波兰语的工人之家，战后在德国进入大学学习，毕业后任文学刊物的编辑。他翻译过鲁热维奇、扎加耶夫斯基等人的作品。

[2]　一本由亨利克·贝利斯卡负责的德文刊物。

的某个邻居，一个前史塔西官员
却未能引起他的
同情。当然。
他旅行欧洲，在波兰
荣誉和奖励等着他。
似乎他会一直活下去，
因为那间东柏林的窗户
他被赋予了额外的年限作为奖品。
然而不同的决定已被做出。不同的裁定。
既非奖励也非惩罚，
只是霜、雪、雾。

与美学无关

在八十年代，父亲
为他的朋友抄下我的诗《去利沃夫》
（他有点尴尬地把这告诉我
要晚得多），我怀疑他在思考美学，
隐喻，重音，深意，
而他爱过又失去的城市，他度过
早年岁月的城市，他的启示，他与世界的相遇
却如人质，被扣押，
他一定是带着巨大的力量去敲打
那部老旧而忠实的打字机，
如果我们能更好地理解那敲打的意义
我们或许能够在此基础上
至少重建一条
给过他最初狂喜的街道。

雨燕风暴般聚集在圣凯瑟琳教堂上空

看着雨燕风暴般聚集在圣凯瑟琳教堂上空，

它高耸的砖墙与白石墙

——未完成的会堂，地震

与火灾困扰着它，它的十字形翼部

与钟塔从未真正建成——我想：

雨燕冲向这哥特式建筑，打着它们

尖利、粗糙、完全非人声的口哨，

远赛过手机铃声，

赛过歌唱的黑鸟，它们正在举行最后的音乐会，

疯狂、杂乱、壮丽的雨燕群，

正是狂喜的形象，但不是狂喜本身，

它们不能成为，它们不想成为——

它们不是圣约翰，或圣凯瑟琳

或锡耶纳的凯瑟琳，它们不懂完满也不懂空虚，

不懂得怀疑与追求，绝望与狂喜。

雨燕是天燕座的物种，

它们与燕子相似但没有

亲缘关系，它们不能航行于陆地，它们只知道——飞翔，

只知在头顶无止境地翱翔

这要求一个旁观者，既有一点清醒

又有一点感动，要有一只眼和一颗心；

眼睛必须能够追踪那些黑色导弹的轨迹，

化为黑色、紧张的

小飞船的踪迹，

而心，必须能补充给它们那

不可或缺的热情，并以此使其坚定，

雨燕和这旁观者的心在瞬间就能结合在一起

在一个几乎不可能的合约里，在一个六月的黄昏

所激发起的，对于一个世界的赞赏里，

所以看起来，它狂热地保守的秘密

似乎若无其事地，展现在我们面前，

在黑夜返回之前，蚊子和无知，

和我的生命，我的未完成，不确定，

充满欢乐和恐惧，充满无休止的、
好奇心未得满足的生命，那是接踵而至的一切；
但现在，白昼的百叶窗重重地关上了
（而我已说得太多）。

脸

傍晚在集市广场我看到不认识的
诸多面孔。我贪婪看着
人们的脸：每个都不一样，
每个都说着什么，被说服过，
笑过，容忍过。

我以为城市并非建立在房屋、
广场、林荫大道、公园、宽阔的街道上，
而是在这些脸上，它们像灯一样闪亮，
像电焊工的焊灯，在夜里
用一簇簇火花，修补着钢铁。

未写的哀歌，给克拉科夫的犹太人

我的家族在这里生活了五百年。
——M.S. 博士

约瑟夫大街是最悲哀的，像新月一样细长，
没有一棵树，虽然并非毫无迷人之处，
也有大教区、离别、宁静的坟墓；
在夜晚影子从相邻各处聚集在这里，
有些甚至是由火车从附近的小城带来的。
约瑟夫是主的偏爱，但他的街道不识幸福为何物，
没有法老的事迹使它闻名，它的梦悲伤，它的岁月贫乏。

在圣体大教堂我为逝者点燃蜡烛，
他们住在远处——我不知道何处——
我感到他们也在这红色的火光里取暖，
就像初雪落下时无家可归者围在篝火边。
我走在卡齐米厄的小路上想起那些失踪的人。
我知道失踪者的双眼是像水一样的，不会
被看见——你只能淹没在其间。
听见夜里的脚步声——却看不到一个人。
他们继续走着，虽然这里空无一人，穿带钉长靴的
妇女的脚步，旁边是刽子手无声、几近温柔的步子。
那是什么？在城市之上，
黑色的记忆移动，仿佛彗星从高空滑落。

即兴

起初你独自承担世界全部的重量
并使之变轻，能够忍受。
将它放到肩上
仿佛一只背包，上路。
最好是傍晚，在春天，当
树木平静呼吸，夜晚预示着
更好的未来，在花园里榆树枝噼啪作响。
全部重量？血和丑陋的一切？不可能。
一丝苦涩一直留在嘴里，
还有昨天你在电车里
看见的那个老妇人
传染性的绝望。
为何说谎？毕竟，狂喜
只存在于想象并迅速消失。
即兴——总不过是即兴，
我们不知道别的，无论大小——
在音乐里，当爵士乐手的小号华丽地哭泣，

当你面对一张白纸

或当你独自逃离

悲伤并打开一册喜爱的诗集，

电话总在那时响起，

有人在问，先生或太太，您愿不愿

看一看我们的最新产品？不，谢谢。

灰暗和乏味的感觉留下来；最好的

哀歌也不能缓解。

也许，在我们面前有些隐藏的事物，

其中，悲伤总是奇妙地与热情

混合，仿佛海岸上

黎明的诞生，不，让我再想想，

就像身穿白色法衣，站在角落的

两个祭台侍者，杨和马克，快乐的笑声，

还记得吗？

写诗

写诗是一次决斗

没有胜方——在一方

阴影扩大，大如蝴蝶眼中

山岭的延伸，在另一方，

只是对于光明、意象和思想的

一瞥，如冬天在痛苦中诞生时

深夜那一只火柴的光。

它是壕堑战，加密的电报，

长久的守望，耐心，

发出信号以阻止沉没的

沉船，胜利的哭喊，

对古老的、沉默的大师的忠诚，

对残暴世界的平静沉思，

爆发的欢乐，狂喜，不满，
悔恨，已逝的一切，希望，无所失，
没有最后一个词的交谈，
学生毕业离去后学校里一次长长的
间歇，对一次软弱的克服

和另一次软弱的开始，对下一首诗的
无止境地等待，祈祷，对一个母亲的
哀悼，短暂地和解，
习惯性地、焦灼地抱怨和低语，
叛逆和大度的宽宥，
大肆挥霍全部的遗产，懊悔，默许，
狂奔和闲逛，反讽，冷冷地凝视，
专业的信念，遣词造句，急就，
丢失最为心爱之物的孩子发出的哭喊。

绿色风衣

我的父亲漫步穿过巴黎时，
常常穿着一件他在裁缝那里
定制的绿色风衣
（他那节制生活里
不多的一样奢侈品），
当他在卢浮宫长时间
研究柯罗[1]和过往世纪的
其他次要大师的画作时，
我不知道，也不可能知道，
有多少毁灭性的事件
隐藏在即将到来的岁月里，
仿佛那件绿色风衣

---

[1] 柯罗（1796—1875），法国画家。

给他带来了厄运，
现在我开始懂得，
并怀疑，灾难早已
被缝进了他所有的服装，
无论什么颜色或样式，
连最伟大的绘画大师
也不可能给他提供一点帮助。

美国诗人选译

/ 葭苇 译

比利·柯林斯（Billy Collins）

1941年生于纽约曼哈顿，曾就读于圣十字学院并获英文专业学士学位，后于加州大学河滨分校取得英文专业的硕士和博士学位，现为纽约市立大学杰出教授。柯林斯善用深入浅出的方式记录日常生活的无数细节，将日常活动，诸如吃饭、做家务和写作，自由地做文化上的联结。他于2001年至2003年间连任两届美国桂冠诗人，2004年至2006年担任纽约州桂冠诗人，被《纽约时报》誉为"美国最受欢迎的诗人"。

漫无目的的爱

清晨我沿着湖岸漫步时，
爱上了一只鹪鹩
晚些时候，我又爱上了一只
被猫咪丢在餐桌下的老鼠。

在暮色四合的秋日傍晚，
我爱上了一位裁缝小姐
她仍坐在店铺窗口的缝纫机旁，
然后，我又爱上了一碗浓汤，
腾腾的热气，仿佛海战中弥漫的硝烟。

我想，这便是最好的爱，
没有回报，没有礼物，
没有不中听的话，也没有猜疑，
更没有电话里的沉默不语。

有的，是对栗子和爵士帽那样的爱，
或者一只手搭在方向盘上的感觉。

没有情欲，没有摔门而去——
有的，是对一株金橘树的爱，
对干净的白衬衫，晚间的热水澡，
和横穿佛罗里达的高速公路那样的爱。

没有等待，没有愤怒，也没有怨恨——
只是偶尔会对那只鹩鹧，报以歉意

她把家安在了一根
低悬于水面的树枝
也常常痛心于那只咽了气的老鼠，
它仍旧穿着浅褐色的西服。

而三脚架一直把我的心
架在田野里，随时准备
瞄准某处取景。

我提溜着那只老鼠的尾巴
去了小树林，让它长眠于树叶堆里，
然后，我不知不觉地站在了浴室水池边
深情款款地凝视着那块香皂，

它那么有耐心，可以溶解那么多脏东西，
如此自如地躺在淡绿色的香皂盒里。

当它在我湿乎乎的双手间打滚儿时
我嗅到了薰衣草和石头的香气
并感到自己，又一次坠入了爱河。

呼吸的人

就像在恐怖片里
有人发觉，电话
是从屋内打来

同样，我开始明白
我们温柔的交集
只生发于我的内心。

所有的甜蜜、爱意和情欲——
都是我打给自己的电话
然后循着铃声，来到另一个房间

却发现电话那端无人接听
好吧，偶尔也会有微弱的呼吸
但通常是，空无一人

想想这段时间以来
我们曾湖上游船
机场拥抱，举杯对盏——

只有我自己和两部电话，
一部主机，在厨房的墙上
一部分机，在楼上昏暗的客房。

诗歌入门

> 我让他们把一首诗
> 像彩色幻灯片一样
> 举到灯光下
>
> 或把耳朵贴在诗的蜂箱上。
>
> 我说，把一只耗子丢进诗里吧
> 看看它如何寻找出路，
>
> 或者走进诗的房间
> 去摸索墙上灯的开关。
>
> 我想让他们滑着水
> 掠过诗的水面
> 向岸上作者的名字挥挥手。
>
> 但他们只想
> 用绳子把诗捆在椅子上
> 对它严刑逼供。
>
> 他们开始用一根橡皮管抽打诗
> 看看它到底讲了些什么事。

诗的第一行

> 在它扑闪到我嘴里之前，
> 我可能要花好几天
> 在风中眯着眼
> 像个老头子一样

靠着窗边
在黄昏渐熄的灯光下
试着穿针引线。

他坐在一把椅子上，
捏着软塌塌的线头
对准针眼微弱的银光，
那针眼窄得不能再窄
比天堂之门
和松针间升不起的弦月
都要窄

终于，他把线
穿进了针眼，接着
便是彻夜的缝制，
他啜饮新酿，
哼起一首歌，那歌声
就是他缝线的颜色。

芭芭拉·盖斯特（Barbara Guest）

生于 1920 年，作为第一代"纽约派"诗歌的核心代表人之一，被誉为"美国诗歌后现代启蒙运动的女性奠基人之一"。她深受同一时代的抽象表现主义绘画的影响，其诗歌突破了传统的创作规范，多以抽象表现主义艺术手段，如碎片化的结构、纷繁怪诞的意象并置以及"内心风景"艺术呈现，挑战读者的理解能力。盖斯特于 1999 年以终身成就奖荣获美国诗歌学会所颁发的罗伯特·弗罗斯特奖章。这一奖项的获得标志着盖斯特正式跻身于美国优秀诗人之列，与这一奖项的前几任获得者如华莱士·斯蒂文斯（Wallace Stevens）、玛丽安·摩尔（Marianne Moore），以及约翰·阿什贝利（John Ashbery）占有同等重要的地位。

桶

她们路过；看着我独自伤怀，
并从我沉痛的陡褶里
喝下了一点点的你。
　　　　　——塞萨尔·巴列霍

我不会让任何人
饮一杯
我从你那里收集的
这桶泪水。

尤其是另一个女人。

我看见她走了过来。
我知道她是哪类人。

我可以告诉你
她穿什么而来。

我了解这类人
我并不喜欢。

她会盯着那些日子里
她曾饮过泪水的桶。

而她从未哭满过一桶。

还故作轻松地说：
　"好清的水，
用来洗头发再好不过。"

谁又何尝不知
泪水比雨水
更加洁净，
洗起头发来，也更柔软。

就在她走向木桶
用杯子打水时，
我会看见幽灵般的你，
看看海如何
把你养育。

而我脑沟里的
碎纸屑
会漂浮在水面，
让她窒息。

照片

我们曾经倾听照片。它们也曾听过我们的诉说。
生动，活泼。凡是久远的都是记忆。暮色降临，
推动着我们前行，在每个未被抹去的夜晚，这座实验楼
被暮色清空。

在 X 城，他们住在一起，总是闷闷不乐，她的嘴唇
慰藉着他。钢琴还是按老样子摆放，光打进窗户，
一盏盏路灯照着那棵孤零零的树。

一束光照在物体上所调动的情绪，无法转移到
这座改良城市的照片上。在没有树木的公园或街道中，
这台相机曾在流逝的水沟里自由发表评论。
这台老相机不愿透过未知之物。它的心如此柔软，

不可偎依。

如今我们人手一张新政府大楼照，却被禁止
在一张张旧照片中静观绝望。

玫瑰

"绘画中没有空气……"
——格特鲁德·斯泰因

一幅画中不该有空气，
这令我感到惊奇。
它看似只是某种在纸上
描摹的，或用胶水创作的
肖像画，某些粘着胶的地方，
并不是把另一种体裁
粘于其上。也许颇为新奇的是，
在没有空气的环境中
作画，抑或像一条船、
一只从不浮动的鞋子那样
在风景线上寻找氧气。

　　　　　不过
某些疾病需要空气，
需求量很大。而在画面中，
紧张不安的人无法造出
充足的空气，他们必定会
在没有植物的时候
寻求它。在立方体的外部，
有人踏上了神秘的旅行，
而这就悄然发生
在空气之中。

因此有人才会
对清晨空气里采摘的玫瑰
产生某种态度，即使它们
还没有被太阳照耀。
从胡安·格里斯的《玫瑰》中，
我们懂得了玫瑰的无私，
永存于没有空气的环境，
那只瓶盖拧上了，就好比，
1912 年的芳香飘到了
左边的角落，我们在此阅读
《奇迹》，而后逃离。

詹姆斯·斯凯勒（James Schuyler）

1923 年生于芝加哥，是美国 20 世纪中后期"纽约诗派"的重要人物之一，于 1981 年获普利策诗歌奖。斯凯勒是公开的同性恋者，一生都遭受精神疾病的困扰。他生命中的大部分时间都囚禁在房间里，最密切的伙伴就是窗外的自然。他继承了美国诗人威廉斯（William Carlos Williams）的"没有思想，尽在物中"的诗学主张，用词语的静物画创造出了另外一种风格；他将自己的生活融入诗歌，让自我与环境融为一体，让生命本身就成为一种无可替代的艺术。1991 年 4 月 15 日，斯凯勒因中风去世。

四月

清晨的天空乌云密布，
那棵白花花的树，
是什么树？那棵果树，
是法国梨。硫黄色的

蜜蜂在公园对面的

连翘枝头忙前忙后。

花树上稀疏的蓓蕾，

随风荡出的网

如此美丽，仿佛

蘸了稀释剂的油画。

异花授粉是芬芳的

一天里头等重要的事情。

都是昨天的事了：

四月已逝，今天是五月。

木兰绽出的一盏盏酒杯，

盛满看不见的雨水。

这是五月阴沉沉的一天。

眼泪，油乎乎的眼泪……

爱哭是我的习惯。

你不要介意：洋葱会让我落泪

还有烟雾《每日新闻》的头条，

没睡够，去不去电影院

我都会哭。

我害怕：矮个子冲我大声喊叫，

动物园里的动物，

深夜里无人乘坐的公交车，

催泪瓦斯，饥饿，挫折

呜咽声

哦，是的，冗余的诗句和美丽的可人儿，

也会让我泪眼涟涟，

就像从一台上油过量的电风扇里

一滴滴油滑落而出

致意

过去的就让它过去，

如果一个人记得

自己想做却没做的事，

那是不是他其实没有那么想做？

就像我打算收集

每一样东西，

在小木屋坐落的

那片田野里，采集每一种

三叶草、小雏菊，

和画笔花，趁凋谢前，

花一个下午研究它们。

过去的就让它过去。

我向那片

多姿多彩的田野，

致意。

安妮·沃尔德曼（Anne Waldman）

1945 年出生于美国新泽西州。美国"垮掉的一代"诗人、"纽约派"第二代代表诗人、表演艺术家、编辑、教授，出版了包括《快讲女》《婚姻：一个判决》和《被喻为气泡的世界的结构》等 40 本诗集。20 世纪 60 年代,沃尔德曼与艾伦·金斯堡、格雷戈里·柯索等诗人一道，构成了美国东海岸独特的诗歌风景。她是艾伦·金斯堡生前最好的异性朋友，曾被诗人称为"精神之妻"。

永恒哲学

我转身：黑暗中颤抖的黄色星星
我哭泣：言语如何拯救一个女人
这幅画做了改变，女主角即将出现
夜晚和冥想都是幻景

在这里讨论利和弊也发不出声音
日子，难道我不爱你？
目的论意图的纯粹输出
她喋喋不休，形成一种语言图像论

难道我不是在玩精妙的语言游戏吗？
是的，它形成于世间诸事之前：
盘子，拖把，炉子，床铺，婚姻
全都涌自我所爱的世界

我和我和我和我和我和我，无限可逆
但在漫长的清晨纹理中，我从未心有所安
一个活生生的可怜女人，接受她破碎的心
而大地是神圣的，天空是神圣的
游牧人走啊走，没有尽头。

扇贝之歌

我戴过一顶荆棘花环，如今令我生畏
我戴过一顶大脑花环，它曾完整无缺
它命令我，别疯言疯语了
于是我不再说漏嘴，不放过一个谎话
告诉女人甩掉怜悯
告诉男人消停一会儿吧

去赞叹婴儿的美好

不，就让怪物在无形中瓦解我们

一首诗从高塔上纵身一跃

万物都在创造中运转，直到我把这首歌唱完

不，如此凶猛的野兽哪里都不适合

不，没有什么让人快乐，不，没有人不诚实

告诉旧日悲伤从此处离开：

我把这首歌唱成面若珍珠的扇贝壳

并和所有伤心事儿说了拜拜。

空白处的妆

我在空白处上妆

所有光泽汇聚在空白处

空白处胭脂泛红

我在空白处上妆

给空白处贴假睫毛

描空白处的眉毛

在空白处堆上面霜

涂抹这精彩的世界

我在空白处挂上饰品

在空白处别上金发夹、亮发梳、塑料发卡

我把钢丝卡子插进空白处

我把词语倒进空白处，勾空白处的魂

把空白处塞满、填满、挤满

给空白处戴上项链

幻想一下，想象一下：涂抹这精彩的世界

手腕上的手镯

挂在空白处的吊坠

我把记忆放在空白处

给你脱衣服

把皱巴巴的衣服挂在钉子上

把绿外套挂在钉子上
晚间跳舞，一天以晚间跳舞结束
我还是想在空白处上妆
我想吓吓你：悬垂的夜，漂浮的夜，
呻吟的夜，失眠的女儿我想把你吓唬
天一冷我就召唤
我召唤 20 个壮汉的力量
我召唤性感多姿的女人，所有的她们
我召唤那块巨石
我召唤悬垂的夜，漂浮的夜，
呻吟的夜，失眠的女儿
我召唤着我的债务，给电话账单加磁
召唤我尖锐的舌根
我掬起一把水，泼到空白处
水被空白处一饮而尽
看看思想会做什么　看看词语会做什么
从虚无到面孔
从虚无到舌根
从虚无到谈论起空白处
我召唤白蜡树
我召唤红豆杉
我召唤柳树
我召唤铀
我召唤铀这不经济、不可再生的能源
把铀扔到空白处
我召唤红色我诱引红色到空白处
我把落日装进空白处
我提取他眼睛的蓝献给空白处
可再生的蓝
我拿走万物生长的绿，绿生长着
爬进空白处
我把雪的白放在空白处的山麓

我攥紧蜷在暗处猫眼里的黄，把它们

紧紧扣在我的心上，扣在空白处

我想让这层地板的褐跃入空白处

我想揭起地板去寻找褐

在空白处的魔咒下重新把它召回

我要拆掉这堵老墙，我满脑子都是

这个想法，我想给空白处上妆

万物在空白处破碎

干枯的烟叶碎了，马利筋被吹到空白处

我召唤你眼中倒映的星辰

从虚无到这些打字的手指

从虚无到麋鹿的四肢

从虚无到鹿颈

从虚无到瓷牙

从虚无到森林里松树身姿的优雅

我放水让水流动

让它流个不停

一起激荡在空白处

空白处还有一种更好的叫法

把自己翻个底朝天，也许你就会消失

在空白处获得一个新的定义

我之所以喜欢无常，是因为

我硕大的身躯与空白处碰撞

我正在重新铺地板

我正在重新筑墙

我正给砖块糊灰浆

我正用细线把机器固定好

这里没有不朽的线，纯金的线倒可能有

我开始在心里唱起空白处的歌

每次都有新的细节

我把深爱的照片粘在墙上：

乡下格子窗帘外是无月的黑夜

空白处一切都被照亮

我把黑色亚麻裙套在身上

悬垂的夜，漂浮的夜，呻吟的夜，

失眠的女儿

我想到了这些

我挂上一面镜子去捕捉星星，一切都在黑夜

在我空白处的头骨里浮现

在星空下的冰天雪地里我走出家门

为了纪念空白处，我把房子又盖了起来

这让我又想起空白处

不提也罢

幻想一下

想象一下

我在涂抹这精彩的世界

有人说要用古怪的饰品来装扮身体

提醒你对空白处立下的誓言

有人说起你脑海里蚕一样的话语

我多想冒险去一个不饰雕琢之地

我把沙子倒在地上

物体和车辆从雾中隐现

峡谷今晚很危险

警示灯突然亮起

巡逻队引路的方式很奏效

有人说要减速

有人说存在一位女神

我用荆棘把她召唤

我用虎牙把她召唤

我用我的水晶召唤

我给世界加磁

我浑身珠光宝气

我畅饮仙露

一些新的细节出现

她鞋子上有块小亮片

她靴子上有个饰钉

轮胎打了防滑钉，以防攀登吃力

我把手放在脸上

我在空白处上妆

我想用吓到我的那个夜晚来吓吓你

漂浮的夜，呻吟的夜

总有人闯入你的生活让你忘了空白处

你把它们全都穿上

你涂指甲

你戴围巾

总在装点着空白处

不管你叫什么我都要叫你"空白处"

带上你的故事和舞蹈来吧

带上你滑稽的唱法来吧

带上你的微笑来吧

带上你浩荡的随从和丰厚的积累来吧

带上你的附加物来吧

带上你的好运，带上你的懒运来吧

当你看起来最像一只鸟时，就是来的时候

当你行骗时，来吧

当你痛苦不堪时

当你不理智时

当你非要听到

七嘴八舌的赞美时

从舌的根部开始

从心的根部开始

风有一根脊髓

歌唱着、呻吟着，在空白处

推荐

王单单推荐语

  当单调的城市化生活与书斋豢养以及平庸的想象力无法为创作者提供更加接近生命现场的写作时，诸如"小清新"等轻浮而又泛滥的写作便会粉墨登场，以"诗"的名义在某种"力量"的诱骗下肆无忌惮地招摇过市。所以，在我的阅读期待被一次次地败坏后，忽然读到吴振这组诗歌，有意外之喜。吴振是云南中缅边境上的警察，常年与偷渡客、毒贩、跨国犯罪分子、边民等打交道，有着过硬的丛林生存技能和丰富的边塞生活经验。作为诗人，他置身高山密林，抬头就是星空与明月，面对异国，回首即是怅望和思念。这是一组现代汉语诗歌中典型的"边塞诗"，它将小我与家国关系、孤独与豪迈之情、内心密语与物外之境等严丝合缝地紧扣在一起，通过边境上的草木、河流、虫蚁、界碑、飞禽走兽等寓情于景，呈现出现代边塞诗歌独特而又新颖的精神气象。可以说，越过国境线，就是另一种语言的国度，这里的国境线，既是一国之边界，也是汉语之边界，事实上，边境上的警察写诗，既是为国守关，也是为汉语戍边。而吴振诗歌叙述中的"中正"与"优雅"也比较符合现代汉语诗歌应当具备的边关形象和气质。

  去年底，在芒市与吴振匆匆一晤，他便连夜赶回边境上。他说缅甸疫情压境，偷渡频繁，昼夜不敢松懈，稍有不慎，就有可能酿成大祸。我从他身上看到了作为职业警察的使命与担当，也隐约感受到了他在面对复杂现实时的善意与忧心，而这些正是构成其诗歌情感基调的显要元素，也是其诗歌"精神原乡"的重要组成部分。

石老虎坡

/ 吴振

谢里山

谢里山准备了一桌好酒，邀我赴宴。黄昏早早粉墨登场
我得精心收拾，此去星月兼程，路途千转百回

士为知己者死。知了、乌鸦和山鸽子酒后话多，沉默的灰隼和白鹭只想活成
　　自己的模样
满山遍野的松、桉和坚果爱着摇摇晃晃的人生。这一次，榕不胜酒力，卧倒
　　于山冈

不要一口吞下偌大的荒凉，也不要害怕苦难和世俗的挑衅
一场宴席的最后，总有三三两两。有人立志东山再起，有人暗藏归隐之心

石老虎坡上

不高不低。石老虎坡上，能看见完整的群山和来去的路
不好不坏。开始点火煮茶，日子甘苦冷暖
入喉稍烫

群鸦掠过天空，告知明日阴天或雨
不紧不慢，收拾一些枯枝落叶当柴火
至少，我不会错过今夜的星辰

不惊不喜，慢慢学会了钻木取火和收集闪电
甚至学会如何做一个失败的人
习惯在一片水域边住下，竹篮打水或撒网捕云

生活伟大
曾经，羡慕一只老虎金黄的背部
如今，我在空山中放下一片林子
月光下来时，时间如沉静的大海

生活美学

一退再退，让一朵云回到最初的湖面
一只白鹭回到悠悠的原野，那就让我
退回到弯弯的边境

生活，不一定非要你诈我诈，或者成败英雄论
我得学会忽略一些刚硬的词语
比如早起，煮茶，把山走一遍或者无所事事地过完一天
比如发呆，练弹弓，写一首无力的诗或者思念一个遥远的人

我开始小迷恋这样喋喋不休的倒退之美
黄昏夕阳倒退到宣纸上，星辰大海倒退到一杯酒中
而我真正想表达的部分：希望一只蓝鲸能回到梦境
少年就能回到温暖的怀抱，如此而已

时光柔软
可命运总想在我面前布置一场场漫天风暴
我笑了笑后退一步
缓缓行

芒海手记

"准备好网，相信我，这个山谷里有鲸鱼。"
大山和孤独，有时是无法辨别的孪生兄弟
在芒海的山谷里，我在河边坐下来
计算一个人的边界，过往皆是芝麻烂谷和生死云烟
在谢里山、黑河老坡上放下一些，岗房梁子也卸下一些
我想，这次在芒海就一次腾空吧
记得那天，户古寨子村民石勒弄放牛刚好经过
以为我在抓鱼，这个操着浓重口音的景颇汉子
冲我喊话，硬是把鲫鱼放大成鲸
这句热血澎湃的语言顿时照亮我空荡荡的心谷

霜降

大雾在山里穿行，像极了仙境
瑟瑟发抖的雾中人，还是发现自己是个凡人

为挡住一个前进的人，命运安排了重山、迷雾、暴风雨或大江大河
秋风浩荡，我们需要走进深深的未知

冰冷的局中人，请赶上前面冰冷的局中人
如果太阳不及时出来，需要自己动手拾柴，点上一堆火
让它温暖这些叫作霜降的孤独

但千万别喊出孤独，此地没有下雪的历史
寒冬将至
我们要坚定地和时光消磨，直到放下飘零经年的落叶和
茫茫余生的白

捕虎者说

在中国版图上圈个圈
请圈云南滇西
在滇西圈个圈
请圈德宏潞西
在潞西圈个圈
请圈遮放的西边
那里有一高地
请圈石老虎坡
坡上有位叫吴振的懦夫
请在他身上左侧第三根肋骨间圈个圈
来吧！聪明的救世者
请举枪瞄准你画的圈圈
那里藏着一只已经隐退山林的老虎！

月光白马

站在谢里山的山顶，我就能完整地看见月光
完整地看见月光覆盖群山
看见河流辉映浩瀚星海
露水轻抚草木
皆是恩赐
一条沿山而下的路千转百回
我确定那是我走过的路
但我还是看不到尽头
得赶在孤独来临之前
放出我的白马
让它奔跑起来
一骑绝尘
让它顶替我去看望更完整的孤独

去探视更多的光芒
寻找一片落叶遥远的成败
或者更渺小的我
呃，这尘世，渺小如我
仍驯养着一匹能征战四方的白马
月光下仍有无垠的牧场
这是人生的另一种慈悲

小满辞

路边的斑色花怒放，我又小欢喜地跑完一段旅程
太阳出来时我摘了含苞欲放的一朵，去月光下继续开放

把它插在界碑的缝隙上，赋予另一种意义
我得继续赶路，赶昨天刚走过的路，一条弯路走多了会慢慢变直

还是看到了躺着的大青树，寄生的气生根终于回到土地
白鹭去了更远的天空。现在，只有一条空空的河床陪我

山对面的农民在危崖上耕种，我们恍惚交错，在一场雨下来之前
满山遍野的坚果已开花，而我如一只蝴蝶，停在枝头

离开辞

转身离开邦达山时，山谷寂静
但我确信，山在我背后是站立着的
乌云表情凝重，拦着前来告别的月亮
坚果已经成熟，落叶铺满来时路
我在山里义气的朋友众多
蜜蜂、松鼠、犀鸟、山鹰以及飞舞的萤火虫
它们帮我在坎坷中捡回许多枝枝叶叶
处理一些多余的赞美、功名和光鲜亮丽的部分

出山或入谷，我已可以独立行走
虽然还有很多眼睛隐秘在黑暗中
一路相送
但我就是说不出感激的理由
仅仅是因为我曾找回一些出走的牛羊
或给过山鸽子几把米粒

中国诗歌网作品精选

有谁读过我的诗歌
陈年喜

有谁读过我的诗歌
有谁听见我的饿

人间是一片雪地
我们是其中的落雀
它的白　使我们黑
它的浩盛　使我们落寞

有谁读过我的诗歌
有谁看见一个黄昏　领着一群
奔命的人
在兰州
候车

人到中年
李商雨

年岁如恒星，悬挂在头顶……
时光如行星，在轨道运行……
哎，有什么办法，风在吹

在午后，我们喝了一碗罗宋汤
春阴，总会把弄堂变得更写实
春阴，总会让香樟树更安静

那年你买了一本《三个火枪手》
那年你爸爸在巷里见到一个鬼
当我们讲起往事，其实在

讲起人到中年，哎，中学里的

一滴雨水溅到了桌子上，擦掉
中学里的一滴雨水溅到了课本上
擦掉，那个女生爱上了地理老师
该怎么办？

哎，多年后，你爱上了松树
人世间再没有什么比得上这样的
风景，寂静、依恋、无碍
只有它配得上这卿云烂的年纪

林中
黑女

鸟鸣在山气中浮漾，像刚刚饮过
二三月的雨，树竖起向上的路像在告诉，
在春季，从任何一条都可抵达
你从未想象到的。
光线的指引越来越暗，
太深太静，每个念头都像是巨响，
辨认出观念和现实的距离，生活
不是象征，你无法使用一个
已过期的密码，让活着像是一场
解线团运动，但可以给自己造山，
沉入某种无名的攀爬。

隐喻的象鼻山喷出水柱
就像思考的形状，当光不再是一种溢出，
星空的辩解多么苍白。它不会向你道歉：
汲引了你那么多心泉。

很快我们就知道，离那口井还远，
离全身浸透冰水还远。死亡不是终点
悲哀也非了悟，在生活的镜面
我们对世界所做过的探测如游戏……
落叶狂奔而下，在我们身上投下双影……

午后
李品

烘干机还在沉湎于诗意和纸上的空想。
它不知是否多转动一些时辰，就能烘干所有
话语中拧不出的水分。而思想，显然是它身体里
最不真实的一块铁，因为被声音浸泡太久
而生锈，又不能被拆除。唱，念，做，打——
对生活的虚构不妨更怪诞一些：如何
在戏剧里像真实一样活着。台词需得新鲜，表演者
需得走心。宽屏的银幕从不缺少想象的惊人
——词语被不断翻新之后，蜡染的技艺
更需精湛，人们才能从偶然那里获取一小块儿
时间的靛蓝。以此祈求承托灵魂那沉甸甸的
虚无：当斯芬克斯执迷于他的猜谜游戏
总有悖谬，斜睨着这个世界，所有无以名状的哀哭。

面对一根枯木
熊曼

想象它生前的样子
茂密的样子
枝丫托举着鸟巢的样子
叶子掉光以后
树干笔直指向天空的样子
用最干净的语言赞美它

把它当成一个男人
抱着它说会儿情话
在雨天蜷缩在它的浓荫里
并被那浓荫所抚慰
它没有手
不能拥谁入怀
只有一颗被囚禁的木质的心
散发着洁净和芳香
吸引着那些会飞的事物
它的根就扎在
那片开满野花的草地下

深更

杨四五

多么希望像刚才那样沉沉睡去
小车在黑夜里穿行。多么希望
就此没有醒来，听不见身后
人们猜测的命运。黑夜里星辰黯淡
城市像百孔千疮的堡垒。父亲
我们的头顶悬着一把摇晃的剪刀
明日它将剪开晨曦。我相信你也
和我一样不能入眠，闭上眼睛
看见晃晃悠悠的过往，未来
它毫无迹象却提供了大喜
大悲的可能。我们该怎么办？
你的屋子和我的屋子都很狭小
孤单地，在两座城之间，第一次
有了统一的颜色。我听见水声
通过管道发出嘀嗒的声响，我
听见我的血液流得缓慢，它究竟
要流向你的身体还是在过滤

一些岁月的杂质？父亲，睡吧
很多年了，我都没有好好地看过
窗外，这夜色里纵横交错的路径

拾大豆的农民和写诗的诗人
苦海

兄弟。村野上，遇到一个农民兄弟。大地上
我看清楚了，我的亲兄弟。一个衣衫褴褛的

拎着袋子捡拾大豆的兄弟。原来，除了写诗的我
四面楚歌，还有一个捡拾大豆的兄弟

与我栉风沐雨。阳光在空中铺陈金子
我们，捕捉劳动的快乐：诗歌和瘪豆

我妈说，百无一用是书生；弯腰捡拾大地的人
叫我想起自己已经置身亲爱的故乡

世上哪片土地是故乡的？
一定有个人在你眼中弯腰捡拾田野中的什么东西

土豆
梁潇霏

惭愧地说，土豆生长在田地间，
我不认识它的秧苗。但当它们
在集市上或超市里，
很远的地方，我也能看到。

那么温和，妥当，懂它的人
都了解它的善意。它们在手里

被挑来选去，那外表质朴憨厚的，
似乎更为忠诚，也更为人所期待。

哪个女人不喜爱土豆呢？你快乐地
削着皮，我想很多女人都这样做过，
并不觉得歉意。此前你或许已经想好了，
接着要用什么方式对待它。

蒸煮，保留它的原始个性；
分成条，把感觉均匀在每一次触碰；
如果你喜欢滚刀块，那你将与它们
多角度地交流，品尝到不同的味道。

但是，什么样的爱，才能把土豆切丝呢？
什么样的女人，什么样的刀，
可以把土豆切成细致的千丝万缕，并且能够
从狭小的针孔里穿过？爱到像恨！

不管怎样，女人对土豆的情感将一直
持续到晚年。或许到了人生苍暮的阶段，
她们对土豆更加依赖。她们，把它碾压成泥！
当她们不再拥有牙齿，也不依靠味觉。

记江滨公园一次漫长的散步
叶燕兰

晚风轻拂，江水静静流淌

一开始我是别人的女儿
像眼前哭闹追逐的孩子，那么天真

接着我是别人的恋人

比草丛中陷入了盲目爱情的野花
更加深情

后来我是别人的母亲
听见某处枝叶间传来的召唤性蝉鸣
也能引发内心的交响，与轻微震颤

到最后……渐渐再无人和我擦肩而过
茫茫夜色中
我感到自己微凉、赤裸。羞愧得近乎
还未拥有任何故事的少年
一瞬间
几乎就要放弃所有形容词，低促地喊出
——我爱你。

夏日晚风一遍遍吹拂，仿佛在替你
江中流水静静地涌动，仿佛是为我

母亲与我的黑白对峙
木铭

四周都是楼宇，即使白昼也很阴暗
母亲不愿意开灯，这当然是节省
她也知道，省下的钱，买不来多余的明亮

我只要走进房间，第一件事就是开灯
对此她无可奈何，她也阻挡不了
白昼还需要一通鲜亮的包装

我一离开，她就关灯，坐在阴暗里
她习惯了阴暗，喜欢坐在幽黑的潮水里
以礁石的形式体会尘世晃荡

对于依赖眼睛感受世界的儿子
她是如此不屑，她不认为我还没到节点
像她一样，我的前路似乎也没有太多的光

在一套房子里，两颗黑白棋子
就这样对峙在共处的时光中
像呼吸一样，那些微明，反复劫争

水东门
忧子

一段古城墙，擎着连江灯火
彻夜疗伤，犹如一个老纤夫丢失身份后
还能在梦里，拾起波涛的壮烈
一条石梯道蜿蜒上下，向闹市茶坊
递过去远山近水的悠闲，又接过来
一些生冷不忌的俗念

石板上的凹凸，属于战乱中
到岷江取水的人。忍受着女墙后的窥视
忘记权杖的易容术，他们用扁担
挑起一个时代的苦头与盼头，穿过
这道叫"固圉"的城门，也穿过
自己生命的遗址，留下湿漉漉的跫音

此刻我远眺潮头，仿佛它是一根特制表针
如实记下月光的嬗变。而风的马帮
正唱着山歌赶过江面，是否要同那些芒萁
珠胎暗结，在它们扎根的古墙伤口上
踩出一条茶马古道？多少崩塌，化作博物馆里
冰凉的数字，谁说历史不是一门悲伤的学问？

为杏花而作

沈苇

杏花，一门春天的修辞学
被微风唤醒瞬间的怒放
我们在杏园朗读杏花诗
唯不见枝头一朵
倒春寒中遍地残花
将苍白，一点点往泥里送
仿佛已送达死者唇边

我们执意替流逝朗读
从乌孙城朗读到龟兹国
那里，每一棵杏树下
都有一个酒窖，屠戮归来的
兵士，彻夜酩酊大醉
错将舞女当作孔雀
又将花雨看成飞天
历史是一只漏气的坛子
散尽酒香和所有的香

我们携带时间幽暗的力
却显现为每个人所是的样子
就像此刻，结束朗读后
默默无语，漫步凋零的杏园
远离山坡上的大片绿杏林
像流人，像杂沓的羊群
为脆弱事物所爱所伤
拥有杏花般的一个瞬间

明亮啊
车前子

明亮啊，
四点钟的夕阳下，
远山庄严和一层暖意。
江边，她们采摘柳条筐——
世界好像有了自己面孔，
从中午面具背后，
风尘仆仆发动：叛变了的光辉。
（一笔巨款，也有一分钱，
存在其中。）

浅草寺
谢雨新

在神圣的地方
无论看朝阳或晚霞
都是一样的事
时间允许时间静止
万物允许万物停留

在神明允许的某一个刹那
那穿越廊间
让铜铃齐响的风
也会吹起信仰者的头发

在佛前
王东东

我坐在佛前，避开毒日，

在石窟旁边的阴影里休息。
一只竹节虫嗅到我的鼻息
在我眼里假死，生彼世为佛。

同行中一人返回入口
寻找导游解说。佛像沉默。
我伸出手想要触摸，听到
了悟的钟声，仿佛在寺庙里

不禁焦急地回头：河面上并无
船的影子；横越河流，
但火车在远方缓慢通过。
让人以为普度众生并没有那么难。

导游来了，让人沉浸于故事。
三世佛的脸逐渐模糊，由于
朝廷更迭而停歇，让工匠惋惜。
构树下的石头，长出了牡丹花。

而那尊长耳的佛，面容愈加清晰
接近一个必然掌握权力的女人。
当她失势，它还在接受景仰
一个女佛，老聃也许梦到过。

隔河的黄昏，我们乘游览车离开，
大佛在对面离我们更近。
在此世我将离佛更近。"再见，大佛。"
明晨的第一道光将照在你身上。

蜜汁
李云

花蕊的心思只有一根针才能
戳破，惊天秘密在黏稠的河床流动
琥珀生成的模样

千万只花魂飞舞的心跳
最后沉淀为童年眸子里天真无邪之色

多少次金翅振响催萌了季节的艳梦
金子打造的殿堂和金丝纺就的光线
从一朵花到另一朵花谁驱动一座金山在飞

花季里的花事过敏了多少人的目光
养蜂人是被花下了蛊的人

我只守着一勺黄金
不语　听窗玻璃被谁嗡嗡嗡地撞响
一次二次三次……

梦里的房子
张翔武

以前住过的那些房子
常常出现在梦里，
要么没有房顶，或者房门洞开，
一团明亮从高处伸出手来
像探照灯紧追舞台上不停移动的人。
那些曾经熟悉的朋友
时常造访我梦里的房子，

而今我们忘了对方的电话。
醒来以后，我发现
我并未住过其中一些不存在的房子；
一度关系密切的朋友们
已经过上陌生人的幸福生活。
在一座城市多次搬家，
十四年后，我安顿了自己和藏书。
许多东西从城里消失，
包括租过的房子、几个朋友。
我的往日重现梦境，
在敞亮的房子里
朋友们走来走去，彼此从不认识。

关于枯荷的几何式表达

张勇敢

先生走了。书生们站立在西湖的水中
几百年来，就长成了枯荷
（他们瘦弱的身体弓成现代几何艺术）

淡雾中，无数朝代几近破碎
历史幸存者，躲进铺路石中，日夜抬动
众人的脚印

我们向文字反复求证自己的迷途
而此时，读书声渐远，西湖潦草得
像历史遗留的残句

唯有他们还相互挨着，脑袋
低低垂向湖面。没有风的时候
就能看清水中的自己

"韵"之离散：关于当代中国诗歌韵律的一种观察

/ 李章斌

01

在古希腊的神话中，诗与音乐的共同女神（缪斯）之母是记忆女神，这对于诗歌而言是一个耐人寻味的隐喻。布罗茨基也谈到了这个神话，他接着说："一首诗只有被记忆后方能留存于世"[1]。实际上，诗歌韵律的核心功能，就是增加诗句的可铭记性。反过来说，那些很容易被铭记的诗作，大都是有韵律的。以新诗为例，那些广为流传的"名句"，其实大都在使用重复、对称这些最基本的韵律原则，比如：

"轻轻的我走了，正如我轻轻的来；我轻轻的招手，作别西天的云彩。"（徐志摩）

"黑夜给了我黑色的眼睛，我却用它寻找光明"（顾城）

"卑鄙是卑鄙者的通行证，高尚是高尚者的墓志铭"（北岛）

还有一些名句的韵律方式则近似于古典诗歌的韵律原则，比如海子那句广为人知的"面朝大海，春暖花开"，这里不仅"大（da）海（hai）"与"花（hua）开（kai）"叠韵，而且"面朝大海"四字的平仄与"春暖花开"四字恰好相反，诗句读起来抑扬顿挫，与传统的律诗的声响非常相似，无怪乎这个诗句甚至成了很多房地产广告的标语。每一个写诗的人都渴望自己的作品能够流传于世，尤其是被口耳传诵，所以也需要好好考虑诗句的韵律与可铭记性问题。

[1] 约瑟夫·布罗茨基：《文明的孩子》，刘文飞译，中央编译出版社 2007 年版，第 81 页。

但是，一个不容否认的事实是，总体上说，90 年代以来的当代中国诗歌的可铭记性不是很强，而且像上面这些诗句这样讲究重复、对称等韵律原则的写法也并不受到欢迎，似乎像一个烫手山芋一样让很多诗人避之唯恐不及。读者或许会问：前面这样好记好背的诗句为什么不多写一些呢？是当代诗人创作力下降了吗？这里面有深层次的原因，恐怕不是简单的集体"缺陷"问题。从整个文化的角度来看，诗歌形式的流变与整个文化的状态有深刻的联系，尤其是某些韵律的"模子"的流行与一个文化共同体的集体认知密切相关。这里最令人深思的是上面北岛和顾城这两个名句的流行，这两个名句之所以能在八十年代不胫而走，广为传播，除了历史方面的原因以外，恐怕也是因为这种二元对立、辩证转换的思维方式本身就是八十年代初期人们非常熟悉的思维与语言方式，谁叫当时的中国人都是所谓"辩证法"的孩子呢？所以，韵律的同一性背后有着认知同一性，或者集体记忆的阴影。然而，当代新诗不仅诞生于一个充满着集体记忆与公共语式的时代；而且，对于某些集体记忆（或者意识形态）的抵抗，是当代新诗持久且根深蒂固的"母题"之一。要明了当代诗歌与"韵律"以及背后的同一性的复杂纠葛，先得思考所谓"韵律"究竟是什么，它与整个社会和文化的结构有什么联系；还有，它在 1949 年以来的当代中国历史中究竟发生了什么。

02

过去所理解的"韵律"大体离不开"押韵"，而且经常被当作诗歌与散文之间的一个分界线。早在魏晋，就有所谓"文笔之辨"，《文心雕龙·总术》言："今之常言，有文有笔，以为无韵者笔也，有韵者文也。"[1] 刘勰提到当时的一般看法是把"韵"理解为"文"与"笔"的区别，这是后来所谓"韵文"与"散文"之分别的先声。不过他对此提出了质疑，认为"笔"只是"言"（口语）之书面化表达。问题集中在：刘勰所谓的"韵"所指到底是什么？因为我们都知道，当时被当作"文"的很多体裁其实并不怎么押韵，比如《文选》所选之"文"，包括部分赋、论、序、述等，很多都是不怎么押韵的，尤其是骈体文字，其实基本不押韵，这做何解释呢？ 清末的阮元在其《文韵说》中认为"韵"之所指并不限于韵脚："梁时恒言所谓韵者，固指押脚韵，亦兼谓章句中之音韵，即古人所

---

[1] 刘勰：《文心雕龙注》，范文澜注，人民文学出版社 1962 年版，第 655 页。

言之宫羽,今人所言之平仄也。""是以声韵流变而成四六,亦只论章句中之平仄不复有押脚韵也,四六乃有韵文之极致,不得谓之为无韵之文也。昭明所选不押韵脚之文,本皆奇偶相生有声音者,所谓韵也。"[1] 阮元这里触及的其实是广义的"韵"或者"韵律"概念的问题,在他看来,不押韵的骈文是"韵文"之极致;他还提到其实在沈约那里,"韵"就有兼指声律的用法。[2]

　　阮氏的看法又在清末民初引发一波有关骈散之争的讨论,刘师培、黄侃、章太炎等亦对此有所申说,其中各家对于"文""笔"以及"韵"的定义和认识亦有区别,有学者已经阐述翔实,此不详论。[3] 阮氏之说的一个明显问题是,平仄对仗乃齐梁后起之说,用来绳齐梁之前之"文"显然不妥,包括赋在内的许多"文"体都难以涵盖在他所谓"文"的范围内。刘师培的看法是:"偶语韵词谓之文,凡非偶语韵词,概谓之笔。盖文以韵词为主,无韵而偶,亦得称文。"[4] 他指出凡是"偶语"(排偶或对偶)便可称"文",但是"偶语"又与"韵"有什么关系呢?刘师培没有回答这个问题,而且后期他似乎又回到较为保守的看法上去了,即刘勰所谓"韵"专指韵脚,这样骈文又只能归入"笔"的范畴,整个学说显得颇为龃龉。[5] 在笔者看来,其实这些问题看似互不相关,实则有内在统一性。《文心雕龙·声律》有一句颇有意味的话:"异音相从谓之和,同声相应谓之韵。韵气一定,故余声易遣;和体抑扬,故遗响难契。"[6] 刘勰这里的"韵"与"和"显然是一组相对相成的概念,如果这里的"韵"专指押韵,那这里的所谓"和体抑扬"和接着的"选和至难"就不好与"韵"放在一起解释了,不同声音之间的"和"又能与押韵扯上多大关系呢?实际上,英国哲学家怀特海倒是有一句话与刘勰的观点可以相互阐发:"韵律的本质在于同一性和差异性的融合……单纯的重复和单纯的不同事物的混合一样,都会扼杀韵律。一个晶体是没有韵律的,因为它有太多的模式(pattern);而一片雾同样是没有韵律的,因为它的细节部分的混合

---

[1]　阮元:《揅经室集》,邓经元点校,中华书局 1993 年版,第 1064-1065 页。

[2]　阮元:《揅经室集》,邓经元点校,中华书局 1993 年版,第 1064 页。

[3]　参成玮:《"韵"字重释与文学观念的流转——六朝文笔之辨在晚清民国》,《文学评论》2019 年第 5 期。

[4]　刘师培:《刘申叔遗书补遗》,万仕国辑校,广陵书社 2008 年版,第 1309 页。

[5]　成玮:《"韵"字重释与文学观念的流转——六朝文笔之辨在晚清民国》,《文学评论》2019 年第 5 期。

[6]　刘勰:《文心雕龙注》,范文澜注,人民文学出版社 1962 年版,第 553 页。

并没有模式。"[1] 怀特海认识到韵律的关键是同一性与差异性之间的结合，这与《文心雕龙》所言不谋而合。刘勰所谓的"韵"可以理解为语言中的同一性因素的契合，而"和"则可以指语言中差异性因素的参与，两者的关系与音乐中的和声（harmony）、对位 (counterpoint) 的关系类似。因此"韵"之所指显然不仅包括押尾韵（其本质无非是句尾音节的同一，只是"同音"的形式之一而已），也可以指双声叠韵（而刘勰恰好在谈"和""韵"之前就谈到了双声叠韵）。我们甚至还可以从刘勰所认知到的原则进一步引申出广义的"韵"之含义，即包括其他一切声响上的同一性机制，比如偶句、排比、复沓等，而这种普遍的同一性原则，与差异性因素结合在一起（"奇偶相生"是对此原则的部分认知），便是我们现在所谓"韵律"的核心。

这里特别要提到的就是"偶句"与"韵（律）"的关系问题，因为"偶句"涉及的不仅仅是——或者主要不是——声音问题，更多是意义与句法逻辑问题。偶句在楚辞和汉赋之中就非常普遍，它首先要求句式的相同，比如"魂逾佚而不反兮，形枯槁而独居。言我朝往而暮来兮，饮食乐而忘人。心慊移而不省故兮，交得意而相亲"（司马相如《长门赋》）。[2] "……而……兮，……而……"这种句式的反复使用，带来节奏感上的同一性。其次，偶句往往也要求词语之间能够成"对"，比若"绿水"对"蓝山"，是自然意象对自然意象，颜色对颜色；"惊鸿"与"游龙"也是如此，动物对动物。概言之，能够"相对"成偶的词语意象，必然要求他们属于同一个范畴，而范畴，在康德看来，正好是认知同一性的一种体现："一切感性直观都从属于范畴，只有在这些范畴的条件下感性直观的杂多才能聚集到一个意识中来。"[3] 因此，在传统汉语文学这种对对称性的强烈的渴求背后，是一种将万事万物视为一个有韵律有节奏之整体的世界意识，即一种有机的同一性世界的意识，而这正是推动具体的诗律形成的动力。关于偶语与声律的关系，朱光潜观察到，讲求意义的排偶在讲求声音的对仗之前，"我们可以推测声音的对仗实以意义的排偶为模范。词赋家先在意义排偶中见出前后对称的原

---

[1] *Alfred North Whitehead，An Enquiry Concerning the Principles of Natural Knowledge. Cambridge University Press*，1919，p198.

[2] 萧统编：《文选》，李善注，上海古籍出版社 1986 年版，第 713 页。

[3] 康德：《纯粹理性批判》，邓晓芒译，杨祖陶校，人民出版社 2004 年版，第 95 页。

则，然后才把它推行到声音方面去"。[1] 声音对仗是否直接源于意义排偶或可商榷，但两者都是对称原则的体现是显而易见的。而对称，无非是同一性原则的一种变体，或者说，是加入了少许差异性的同一性。也正是如此，偶句才可以成为"韵律"的成分，而且是非常重要的成分。关于语言的音乐性，帕斯捷尔纳克提醒我们："语言的音乐性绝不是声学现象，也不表现在零散的母音和辅音的和谐，而是表现在言语意义和发音的相互关系中。"[2] 实际上，汉语中的排偶与对仗就是这种音与义的"相互关系"的一个典型，它们最后合二为一成为"对偶"，既讲意义对称又讲声音对仗，则是汉语声律发展到巅峰的标志之一，它们成为律诗与骈文的核心成分。

如果我们放宽视野，不难发现以同一性为基础的韵律原则（或者按刘勰的术语称为"韵气"）在汉语文学之中是无孔不入的。有时它并不明显，所以只能以"藻采"这种模糊的形容词来概括。比如诸葛亮《出师表》："然侍卫之臣不懈于内，忠志之士亡身于外者，盖追先帝之遇，欲报之于陛下也。"[3] 这里虽不押韵，但同样也有同一性原则的支配：两两对举，言"内"之后必言"外"，说完"先帝"必言"陛下"，"侍卫之臣"与"忠志之士"也相对。因此可以说，宽泛意义上的"偶语"几乎是充盈整个汉语文章体式的"韵律结构"，不仅造成语言内在的对称感与平衡感，而且也是文章气势的来源。当然，写作中更突出的问题主要不在于让语言成"偶"（这只是入门技巧），而更多是如何在高度同一性的语言中运用自如，游刃有余，而且能在细微的差异性对比转换中发出弦外之音，显出匠心之独到。当然，"有韵（律）"与"无韵（律）"之间的区别并不是那么绝对。比如《管子》中的"仓廪实则知礼节，衣食足则知荣辱"就是典型的偶句，而这样的句子在史书、诸子著述中也不少见。因此，"有韵"与"无韵"在各体文字中只有程度上的区别，并没有绝对的"有"与"无"的泾渭之别，因此要硬性地给"文"与"笔"或者"诗歌"与"散文"之间画出一条截然的界线是不可能的，也无必要，两者之间应该是一个渐变的五色光谱，存在多样的组合和中间地带。

---

[1]　朱光潜：《诗论》，北京出版社 2005 年版，第 251 页。

[2]　帕斯捷尔纳克：《空中之路》，转引自《文学学导论》，周启超等译，北京大学出版社 2006 年版，第 291 页。

[3]　萧统编：《文选》，李善注，上海古籍出版社 1986 年版，第 1671 页。

　　我们更应该思考的是这种高密度的同一性原则在汉语文学中的渗透意味着什么。从现在的视角来看,五四以来的新诗革命所针对的首先便是这种高度同一性的韵律体系。胡适最为激烈地反对的两种体裁——律诗与骈文——恰好是这个庞大体系顶端的两个标志,也是最具同一性的两种文体,而且两者都讲求对偶和声响上的整一。对于胡适而言,最为迫切的是让逻辑关系明确的现代语言用文学的方式"催生"出来,而传统文学中那种普遍性的对称和韵律原则显然对一门现代语言是极大的束缚。他优先考虑的显然是如何让现代汉语在诗歌写作中"立足",而不是建设诗歌的韵律形式。新文学运动的另一先锋钱玄同在其为胡适《尝试集》写的序言中说,败坏白话文章的"文妖"有二:一是六朝骈文,因其"满纸堆砌辞藻……删割他人的名号去就他文章的骈偶。"[1] 他注意到为了实现"骈偶"往往意味着堆砌辞藻,而且为了实现整一的节奏感(它要求词语"时长"的相同或者对称),必须要对语词进行缩减或者扩展。第二个"文妖"是宋以降的"古文",因其只会学前人的"句调间架","无论作什么文章,都有一定的腔调"。[2] 这实际上也是因为过于重视模式导致节奏僵化,所以钱云其病在"卖弄他那些可笑的义法,无谓的格律"。[3] 连本来以"说理"为要务的"古文"都变成以"格律"为准绳,这恐怕是一个非常严重的问题。这个问题也体现在"八股文"上,因为所谓"八股",无非就是八组对偶,在朱自清看来,"但它的格律,却是从'四六'演化的"。[4] 这同样也是一种过度追求韵律的结果。钱所谓中国文章之"文妖化"若以一个中性的名词来说,其实就是"韵律化",即对称同一原则在各式文体中的普遍、强有力的渗透,这个趋势在汉代以后是非常明显的。它当然是中国文学的一个非常重要的特点,但这一特点不是没有代价的,它经常与逻辑思维的构建冲突,而且也会妨碍长篇叙述的展开。五四一代人的观点虽然现在看起来颇为激进偏颇,但是他们对传统诗文的痼疾有非常深刻的感知,否则他们的变革措施不会直击传统文学的要害,也不会有长久的影响。[5] 胡适等人的新诗革命把押韵、对仗乃至句子的整齐等

---

[1]　钱玄同:《〈尝试集〉序》,《尝试集》,安徽教育出版社 2006 年版,第 4 页。

[2]　同上,第 4 页。

[3]　同上,第 5 页。

[4]　朱自清:《经典常谈》,上海古籍出版社 1999 年版,第 108 页。

[5]　关于这一点我已另文详细讨论,详见:《帕斯〈弓与琴〉中的韵律学问题,兼及中国新诗节奏理论的建设》,《外国文学研究》2018 年第 2 期。

传统诗学的支柱逐一推倒了，较为激进地走向了一条逃离同一性的道路，这也给新诗这个文体带来深刻的内在危机，虽然，重建的努力也不断地出现。

03

从社会与文化的角度来看，某些韵律原则、节奏构建方法的兴起与流行往往与一个文化共同体的集体认知密切相关，或者说，它们本身就是集体记忆的化身。古典诗歌的创作与阅读群体——"士"，即知识者与官僚群体——天然就是这样一个同质性的文化群体，而且，诗歌不仅是文人之间交往酬唱的必要途径，也是科举考试的考察形式，所以在他们之中逐渐形成一些公共的韵律规则没有太大问题。可以看到，包括传统诗歌中五、七言体式的形成，平仄、对偶的普遍使用，都与文人群体的风尚乃至宫廷文化密切相关。但是，正如奚密所观察到的那样，现代中国的社会机构和教育制度都发生了巨大的变化，不仅知识分子一定程度上被边缘化，而且诗歌本身也被边缘化，过去诗人与读者之间那种同质性的文化群体已不复存在，诗歌写作在很大程度上变成了一种私人性、个人化的写作行为，这导致的直接后果就是公共性的诗歌成规的消失。[1] 这也是现代中国诗歌韵律的作用在不断削弱的社会与文化根源。

在不同文化中，韵律都有两个基本作用：一是便于沟通，二是便于记忆。便于记忆的功用前已详述。而"沟通"不仅仅是一个"雅俗共赏"的问题，也涉及诗人与诗人、诗人与读者之间如何建立一个公共的渠道，以便于在这个渠道中磨练某些精妙的技艺，传达种种微妙的体验的问题。诗人 W. H. 奥登说："在任何创造性的艺术家的作品背后，都有三个主要的愿望：制造某种东西的愿望；感知某种东西的愿望（在理性的外部世界里，或是在感觉的内部世界里）；还有跟别人交流这些感知的愿望。"[2] 韵律以及韵律学的重心与其说是关于"如何写 / 评价一首好诗"，不如说是关于诗人与读者、诗人与诗人之间是如何"交流"的，它更多涉及的是奥登所说的第三种"愿望"。无论古今，有韵律或者韵律感强的作品从来不意

---

[1] 奚密：《现代汉诗：1917 年以来的理论与实践》，奚密、宋炳辉译，上海三联书店 2008 年版，第 4 页，第 10-13 页。

[2] 威·休·奥登：《〈牛津轻体诗选〉导言》，收入：《读诗的艺术》，王敖译，南京大学出版社 2010 年版，第 125 页。

味着它们就是杰作（反之亦然），韵律与韵律学更多是关于诗歌给读者传达的东西究竟在哪些方面是公共性的或者可以共享的，它在不同的诗人之间也建立了一个可以相互比较和传承的共同通道。对于当代中国诗歌而言这个问题或许更为迫切，因为"韵"之离散的背后是诗歌"交流"的公共渠道的消失，这是自由诗面临的最本质的文体问题，而可诵读性与可记忆性的削弱只是这个大趋势的两个表征。因此我们必须反思诗歌与读者的沟通渠道在当代遭遇了何种危机，才可以去思索如何创造性地重建的问题。

如果我们把目光转到当代诗歌史，不难发现最强调诗歌之韵律感的时期是50-70年代，这正是整个文化与社会生活最具有"公共性"和"同质性"的时期，但耐人寻味的是，它却显然不是现代诗歌写作的高峰时期。这一时期形成了两类较为明显的诗歌体式，一是民歌体，二是政治抒情诗。民歌体与正统文化对于传统诗歌和民间歌谣形式的倡导密切相关，它也确实从后二者身上吸取了不少养分，比如贺敬之的《桂林山水歌》[1]：

> 云中的神呵，雾中的仙
> 神姿仙态桂林的山！
>
> 情一样深呵，梦一样美，
> 如情似梦漓江的水！
>
> 水几重呵，山几重？
> 水绕山环桂林城……

先云"云"再言"雾"，前有"神"而后有"仙"，然后又复叠为"神姿仙态"，这种对称以及复叠手法与传统辞赋几乎如出一辙，比如："妾在巫山之阳，高丘之阻，旦为朝云，暮为行雨。朝朝暮暮，阳台之下。"（宋玉《高唐赋》[2]）诸如"信天游"这样的民间歌谣形式也被频繁使用："手抓黄土我不放，／紧紧贴在

---

[1]　贺敬之：《贺敬之诗选》，山东文艺出版社 1984 年版，第 361 页。

[2]　萧统编：《文选》，李善注，上海古籍出版社 1986 年版，第 876 页。

心窝上。//……几回回梦里回延安，/双手搂定宝塔山。"（《回延安》[1]）这里也实现了一种节奏上的整一性，即后三字为一整体（且押韵），前四、五字为一整体。这种悉数以三字顿结尾的节奏方式曾经被卞之琳称为"吟调"[2]，相对于一般节奏而言更有歌唱性，几乎可以如快板一样演唱出来，而且其写作缘起本来就是为了拿到联欢晚会上去表演。可见，50—70年代的诗歌写作在某种意义上接近中国诗歌的"古典时期"，即它的写作很大程度上是为了在公众之间口耳传颂，这种时期在抗战期间曾以"朗诵诗"的形式短暂存在过一段时间，而在50—70年代又曾流行过三十年，而这两个时期，都是要求作家将某些公共理念以公共的方式传播开去，因此写作也是高度同质性的，其形式上的韵律感和同一性是其外化形式。而曾盛行一时的政治抒情诗更是如此：

> 南方的甘蔗林哪，南方的甘蔗林！
> 你为什么这样香甜，又为什么那样严峻？
> 北方的青纱帐啊，北方的青纱帐！
> 你为什么那样遥远，又为什么这样亲近？
>
> 我们的青纱帐哟，跟甘蔗林一样地布满浓阴，
> 那随风摆动的长叶啊，也一样地鸣奏嘹亮的琴音；
> 我们的青纱帐哟，跟甘蔗林一样地脉脉情深，
> 那载着阳光的露珠啊，也一样地照亮大地的清晨。
>
> 肃杀的秋天毕竟过去了，繁华的夏日已经来临，
> 这香甜的甘蔗林哟，哪还有青纱帐里的艰辛！
> 时光像泉水一般涌啊，生活像海浪一般推进，
> 那遥远的青纱帐哟，哪曾有甘蔗林的芳芬！
> （郭小川《甘蔗林——青纱帐》[3]）

---

[1] 贺敬之：《贺敬之诗选》，山东文艺出版社1984年版，第218页。

[2] 卞之琳：《哼唱型节奏（吟调）和说话型节奏（诵调）》，收入：《人与诗：忆旧说新》，三联书店1984年版，第141页。

[3] 洪子城、奚密等编：《百年新诗选》（上），三联书店2015年版，第239页。

观察这几节诗句，会发现它们的韵律、结构几乎是一样的：就是每节的第一句与第三句、第二句与第四句均构成重复或对称，而且句式也大体一样，另外还押韵：比如"南方的甘蔗林哪，南方的甘蔗林！"对"北方的青纱帐啊，北方的青纱帐！""你为什么这样香甜，又为什么那样严峻？"对"你为什么那样遥远，又为什么这样亲近？"，等等。诗句内部也充满了对称，比如"这样香甜"对"那样严峻"，"肃杀的秋天"对"繁华的夏日"，"泉水一般涌"对"海浪一般推进"，等等。这几乎是骈文或者赋里的偶句的翻版。因此，这些诗句毫无疑问是高度同一性的。当然，这种写法的缺点也很明显，就是它的几乎每一句都是可以期待的（这在诵读活动中当然未必是一个缺点，因为在朗诵时听众接受不了太多信息和"惊喜"），但若放于案头阅读，就毫无余味了。在"政治抒情诗"之后出现——却又对其不乏承续因素——的地下诗歌写作虽然在词语、意识上做了一定更新，但是这种高度同一性的写法却很顽固地继承了下来，而且据后来的回忆，也跟前者一样非常适合口耳相传和记诵，尤其是这些早期作品：

> 当蜘蛛网无情地查封了我的炉台，
> 当灰烬的余烟叹息着贫困的悲哀，
> 我依然固执地铺平失望的灰烬，
> 用美丽的雪花写下：相信未来。
>
> 当我的紫葡萄化为深秋的露水，
> 当我的鲜花依偎在别人的情怀，
> 我依然固执地用凝霜的枯藤，
> 在凄凉的大地上写下：相信未来。
>
> 我要用手指那涌向天边的排浪，
> 我要用手掌那托起太阳的大海，
> 摇曳着曙光那枝温暖漂亮的笔杆，
> 用孩子的笔体写下：相信未来。

（食指《相信未来》[1]）

这里每节诗也是同样的结构：一、二行是一组复叠（且押韵），最后一行都是一个句式，且反复呼告"相信未来"。北岛的早期作品也经常使用这种对称与同一结构："如果海洋注定要决堤，／就让所有的苦水都注入我心中，／如果陆地注定要上升，／就让人类重新选择生存的峰顶。"（《回答》）无怪乎早期"朦胧诗"甫一出现就抓住了听众的耳朵，因为这些耳朵早就被郭小川、贺敬之、艾青们的作品塑形了。前面说过，在传统汉语文学对于对称和同一性韵律形式的强烈渴求背后，是一种将万事万物视为一个有节奏有韵律之同一性整体的意识，这种世界意识在现代社会在很大程度上已经崩解了，但是 50—70 年代的中国却是一个较特殊的"例外时代"，尽管其主导的意识形态和世界观已经与传统中国有巨大差异，但是在"同一性"这一点上却有令人意外的相似之处。这种意识甚至也遗留在这三十年间成长起来的先锋诗人意识深处。

这恰恰是肇始于 70 年代的当代先锋诗歌写作一开始就面临着的症结。他们以反叛者的姿态出现，但是其思维方式与发声方式又在很大程度上是从其反叛对象身上学来的。他们渴求建立个人性，表现自身的独特个性和心理内涵，但与此同时又渴望为"一代人"代言，在台上用诗歌振臂一呼引领人群（而且不少人还确实这么做过），无怪乎他们那些广为人知的诗句都具有和他们的前代人那样的韵律感和公共性，虽然他们宣扬的是"个人"：

"在没有英雄的年代里，／我只想做一个人"（北岛《宣告》）

"卑鄙是卑鄙者的通行证，／高尚是高尚者的墓志铭"（北岛《回答》）

"与其在悬崖上展览千年，／不如在爱人肩头痛哭一晚"（舒婷《神女峰》）

"你／一会看我／一会看云／／我觉得／你看我时很远／你看云时很近"（顾城《远和近》）

是的，二元对立，非此即彼，这不是那个时代的人最熟悉不过的历史逻辑和"叙事结构"吗？简单的重复与对称，这不是近两千年以来的汉语耳朵最熟悉的"韵律"吗？不知为什么，这样的"狠句"总是令人想起 50—60 年代涂在墙壁上的种种宣言，

[1] 食指：《相信未来》，漓江出版社 1988 年版，第 26 页。

这些宣言至今还能在偏远乡村的老房子的斑驳墙壁上见到，比如："忘记过去就意味着背叛"，"高贵者最愚蠢，卑贱者最聪明！"虽然早期"朦胧诗"与"政治抒情诗"在思想上是相左的，但是两者的发声方式和韵律结构却极其相似，背后的"深层意识结构"甚至也相似。当反叛者摘下面具，却突然在自己的脸上看见他们所厌恶的父亲们的面孔。

或许正是嗅到了这种危险的连襟关系，80年代中期以后的诗歌写作变得对这些"叙事模式"和韵律结构异常敏感，像回避高压线一样回避它们，早期朦胧诗的这种韵律结构与言说方式也变得可疑，至少对于严肃的诗歌写作而言是如此，包括朦胧诗人本身在内的写作也开始了自我调整。但是。颇为讽刺的是，它们又以另一种方式在一些"通俗诗人"身上得到了复活，比如在90年代初曾经红极一时的汪国真，就有不少"反向朦胧诗"：

"恋爱使我们欢乐／失恋使我们深刻"（《失恋使我们深刻》）

"只要明天还在／我就不会悲哀"（《只要明天还在》）

"我不去想未来是平坦还是泥泞／只要热爱生命／一切，都在意料中"（《热爱生命》）

"没有比脚更长的路／没有比人更高的山"（《山高路远》）

这些诗句能依稀看到朦胧诗的影子，但是磨平了朦胧诗身上那些反叛的毛刺，过滤掉后者的"负能量"，让其变成温暖柔和的"心灵鸡汤"，因此既不会忤逆意识形态又能取悦大众。但这也正是诗坛为何如此反感汪国真式"心灵鸡汤"的原因，相反却更青睐表达很多创伤体验的海子诗歌。"海子热"正是对"汪国真热"的取而代之，而且在时间上恰好接续"汪国真热"（虽然海子去世得较早），持续时间更长，一直到今天——尽管海子诗歌同样也有通俗性的层面，韵律感也非常强。当时的严肃诗人并不是不能写汪国真式诗歌，而是不屑为之，才让汪国真之类的诗人能够去抓住这个"空白"收获大量的读者市场，这种"不屑"背后有着深刻的历史根源和伦理意识。

04

理解了这重历史背景，便不难理解为何 90 年代以来的大部分当代先锋诗人几乎像害怕"污点"一样害怕这些整齐对称的韵律结构在诗作中浮现。在抵制声音的公共性、整一性的同时，"声音"的个人性与独特性也不断地被当代诗人所强调和实践，这种"韵"之离散的趋势背后不乏"声音的伦理""声音的政治"，乃至"声音中的世界意识"。当下的中国社会，是一个相对个体化、多元化的社会，过去那种大一统的世界意识与言说形态已然崩散，与此几乎同时崩散的是语言中"韵"（韵律意识和韵律密度），当代新诗大部分的作者多少有着一种反抗公共规则（包括韵律规则）的"集体无意识"，所以像"卑鄙是卑鄙者的通行证，高尚是高尚者的墓志铭"这样整齐对称的诗句，当下的诗人未必愿意去写，也未必推崇这样的形式规则。在陈超看来，"诗歌重要的不是视觉上的整饬和听觉上的旋律感、节奏感。决定诗之为诗的重要依据是诗歌肌质上的浓度与力度，诗歌对生命深层另一世界提示和呈现的能量之强弱。"[1] 这诚然不错，不过"诗歌肌质上的浓度与力度"和"诗歌对生命深层另一世界提示和呈现的能量"具体如何显现呢？这依然是需要进一步思考和探索的问题。骆一禾在讨论"诗的音乐性"时说：

> 这是一个语言的算度与内心世界的时空感，怎样在共振中形成语言节奏的问题，这个构造纷纭叠出的意象带来秩序，使每个意象得以发挥最大的势能又在音乐节奏中互相嬗递，给全诗带来完美。这个艺术问题我认为是一个超于格律和节拍器范围的问题，可以说自由体诗是一种非格律但有节奏的诗，从形式惯例（词牌格律）到"心耳"，它诉诸变化但未被淘汰，而是艺术成品的核心标志之一。[2]

骆一禾提示自由诗的音乐性是一个"语言的算度"和"内心世界的时空感"如何"共振"的问题，换言之，如何有机地相互联系的问题；他还指出"自由体诗是一种非格律但有节奏的诗"，那么这种节奏与过去有何异同呢？

古典韵律学的基本原则，如前文所分析，总体上是一种平衡稳定的同一性原

---

[1] 陈超：《打开诗的漂流瓶：陈超现代诗论集》，河北教育出版社 2014 年版，第 165 页。

[2] 骆一禾：《骆一禾诗全编》，上海三联书店 1997 年版，第 842 页。

则，而且经常以对称方式组织起来，大体可以概括为"固定的同一性"，因此慢慢也就凝固成为不同的"格律"，就像一座座钢筋水泥结构的大厦，尽管外形和内部装潢都各自有别，但其框架结构是方方正正构建的梁柱，保持相对的平衡与稳固。但是，80年代中期以来以自由诗为主体的当代诗歌却不太追求这种稳固平衡的同一性，当然，这并不意味着它们便没有任何韵律感可言，由于它们加入了非常多的变化与个人性语言因素，所以其"韵气"很大程度上也离散了，所谓"离散"，是指语言中的同一性因素不仅被大量差异性、个人化的因素冲淡了，而且也指这种同一性不再是一种约定性的诗体规范。不过，在不少当代诗作中，其实也有一种可以称为"流动的同一性"的韵律，比如多多就有很多这样的作品。他的韵律以更隐蔽的方式流露出来，其中也不乏柔韧的力量：

> 夜所盛放的过多，随水流去的又太少
> 永不安宁地在撞击。在撞击中
> 有一些夜晚开始而没有结束
> 一些河流闪耀而不能看清它们的颜色
> 有一些时间在强烈地反对黑夜
> 有一些时间，在黑夜才到来
> （多多《北方的夜》[1]）

这些诗句里也有很多重复的同一性元素，不少词汇与句式也是反复出现的，不过这些重复的元素不是固定的、可预测的，而是在诗句内部"流动"，随诗句情绪、感觉的变化而变化。比如第一行，虽然其中也有"过多"和"太少"的比对，但比对之物却不是那种"香甜"对"严峻"或者"卑鄙"对"高尚"类型的工整对称，而更多是"随物赋形"，充满着对这个世界的敏锐触觉，其韵律并不加以强行规整，仿佛如泉水一般自然涌出，充满了陈超所言之"对生命深层另一世界提示和呈现的能量"。值得一提的是，多多是"朦胧诗人"或者说"今天派诗人"的同时代人，却不属于后者。可以看到的是，他自70年代起的作品就明显在回避"朦胧诗"经常使用的发声方式和韵律结构，因此也很少在他诗歌中看到那种"朦胧诗"式的"箴言诗句"。

---

[1]　多多：《多多诗选》，花城出版社2005年版，第117页。

　　这种离散的韵律，由于它没有那么强烈的"制服"特征，是比较容易为当代诗人所接受的——要考虑到，由于读者面的缩小以及文化群体的分裂，当代严肃诗歌写作不仅不太倾向于取悦大众读者，甚至连一般的知识群体也不怎么顾及，换言之，当代诗人与诗评家群体本身是当代诗歌的首要阅读者和接受对象，这对于诗歌的长远发展而言当然是一把双刃剑。正是由于这种高度专业化和个体化的读者群以及写作者对这一读者群接受心理的想象，当代诗人在声音方面显然不太重视声音之"公共性"（也即它如何被大部分读者以同一方式传播的问题），而更为强调种种精微复杂的声音表达和其心理效应，去增强诗歌声音本身的个性与表现力，让每一首诗的写作都成为"又一种新诗"，如诗人陈东东所指出的那样："把握语言的节奏和听到诗歌的音乐，靠呼吸和耳朵。这牵涉到写作中的一系列调整，语气、语调和语速，押韵、藏韵和拆韵，旋律、复沓和顿挫，折行、换行和空行……标点符号也大起作用。写诗的乐趣和困难，常常都在于此。由于现代汉诗没有一种或数种格律模式，所以它更要求诗人在语言节奏和诗歌音乐方面的灵敏天分，以使'每一首新诗'都必须去成为'又一种新诗'。"[1]

　　关于这种让每一首诗歌都成为"又一种新诗"的追求，我们想起了诗人昌耀，确切地说是 80 年代中期之后的"后期昌耀"。有趣的是，从 50 年代开始写作的昌耀是一位经历了完整的 50 年当代中国诗歌历程的诗人，他早年其实也写过一些"政治抒情诗"（大部分已经被他自行删改或者淘汰），甚至也整理过藏族民谣，可以说对于前三十年的两大诗歌体式是非常熟悉了。但是到了 80 年代中期以后，由于"新诗潮"的冲击，也由于整个社会文化的剧变，他不仅诗风大变，也大刀阔斧地删改自己的早期作品，极其迫切地想要从过去那种发声方式中挣脱出来。[2] 他宁愿冒着"佶屈聱牙"的风险，也要把汉语的独特发声方式给"敲打"出来，比如《斯人》：

---

[1]　陈东东、木朵：《诗跟内心生活的水平同等高——陈东东访谈》，《诗选刊》2003 年第 10 期。

[2]　相关讨论参：王清学、燎原《昌耀旧作跨年代改写之解读》，载《青海社会科学》2008 年第 3 期；燎原：《昌耀评传》，人民文学出版社 2008 年版，第 255—270 页；王家新：《论昌耀诗歌的"重写"现象及"昌耀体"》，《文学评论》2019 年第 2 期；李章斌：《昌耀诗歌的"声音"与新诗节奏之本质》，《文艺研究》2019 年第 7 期。

静极——谁的叹嘘?

密西西比河此刻风雨，在那边攀援而走。
地球这壁，一人无语独坐。[1]

诗歌以"静极"二字简练地开首，这两字在声音上由大至小，由高至低，颇有声响上的暗示性，暗示着万籁俱寂。"叹嘘"一词和"静极"一样，也暗示着声音的寂灭过程。若将"叹嘘"写成"嘘叹"，虽然意思没变，但声音上便少了这重暗示效果。这里面对节奏的操控不是一个简单的同一性规则问题，而是帕斯所言的"具体的时间性"的操纵，[2]让语言的时间性如何"模仿"动作与场景问题。虽然，这样的诗句未必能在大众中广为流传——大众依然还是对"固定同一性"的形式接受度最高——但是也可以加强诗歌声音本身的感染力，是耐人寻味的。

虽然离散的韵律显然要比过去那种整齐对称的韵律要显得薄弱，但是在某些诗人那里这也意味着更多的声音模式的可能，比如台湾诗人商禽这首《无言的衣裳》：

月色一样的女子
在水湄
默默地
捶打黑硬的石头

（无人知晓她的男人飘到度位去了）

荻花一样的女子
在河边
无言地

---

[1] 昌耀：《昌耀诗文总集》（增编版），作家出版社2010年版，第283页。
[2] Octavio Paz, The Bow and the Lyre (1956), trans. R. L. C. Simms, Austin: University of Texas Press, 1987, p.49.

　　　　槌打冷白的月光

　　　（无人知晓她的男人流到度位去了）

　　　　月色一样冷的女子
　　　　萩花一样白的女子
　　　　在河边默默地捶打
　　　　无言的衣裳在水湄

　　　（灰蒙蒙的远山总是过后才呼痛）[1]

　　这首诗是商禽回忆他多年前回到四川故乡的见闻，虽然仅仅是在反复描刻女子在河边洗衣的这个画面，只字不提自己几十年离开故土漂泊异乡的沧海桑田之感，但是在一唱三叹之后，别有一番沉痛在其中。实际上，这首诗的整个韵律结构可以说全然是以音乐的形式组织起来的。这首诗的六个诗节可以分为两类，一种是没有加括号的四行一节的诗节（1、3、5 节），另一种是有括号的单独一行成节的诗节（2、4、6 节）。第 1、3 节可以视作同一旋律的两个乐段复叠，而第 5 节的词汇与意象其实全都是从第 1、3 节拿来重新组合的，且形成一种回环，可以看作是一个合奏。若以女子捶打衣裳的声音作比，第一节诗像是在 "咚哒咚哒"，第三节是 "啪嗒啪嗒"，第五节则是 "咚哒啪嗒，咚哒啪嗒"。而带括号且较长的第 2、4、6 节则相当于旁白或者副旋律，这个副旋律的语气和视角又与主旋律有所不同，拉远了画面，仿佛从一个遥远的地方遥望那幅月下洗衣的画面，别有伤痛在其中。可见，通过重复以及书面形式、标点符号的安排，可以让诗歌形成类似交响乐的多声部效果，并表达复杂的心理感受，这全然是现代诗的写法，而且离不开书面排版以及标点符号的支持，可以说是以视觉形式辅助形成的 "音乐形式"，这显然又是一个有趣的悖论。这种让不同的声音（以及相应的书面形式）形成交响曲的写法其实在多多那里也有尝试，比如《手艺》《没有》。

---

[1] 商禽：《商禽诗全集》，台北印刻文学出版社 2009 年版，第 247—248 页。

05

问题在于，让每一首诗歌写作本身就是"又一种新诗"，也毫无疑问面临着韵律学上的困境，前面说过，韵律与韵律学更多是关于诗歌如何实现一种公共形态的交流的问题，韵律可以说是从个体通往共同体的一个桥梁，如果两者之间有无数桥梁，其实也就相当于没有桥梁——因为读者不知道该上哪座桥。因此个体化因素的空前加大显然也意味着交流的难题，有时这种难题不仅发生在诗人与普通读者之间，甚至也发生在诗人与诗人、诗人与批评家之间，换言之，有的诗歌声音形式甚至连专业的诗人与批评家也难以说出所以然来——当然，这也不是说古典诗歌的形式与声音就那么容易领会，它虽然有公共规则，但是最杰出的作品那些精微之处同样也可以令专业读者挠破头皮。区别在于，由于公共规则和交流渠道的崩散，现在几乎每一首新诗都让读者面临这种困境，无怪乎它的读者市场在缩小，而且经常令读不懂的读者"愤愤不平"。

然而这仅仅是当代中国新诗才面临的窘境吗？恐怕不是。首先，包括英、法、德语在内的主要语种的诗歌写作在 20 世纪甚至更早就已经进入以自由诗为主体的状态（当然自由诗并不意味着对韵律的否定），所以当代诗歌所面临的问题，其他语种的诗歌也多少同样面对着。其次，从更大的文化与社会角度来看，诗人群体与读者的分裂是近代以来的西方就普遍面临的一个问题，奥登有一篇著名的文章就谈到这个问题：

当诗人和观众们在兴趣和见闻上非常一致，而这些观众又很具有普遍性，他就不会觉得自己与众不同，他的语言会很直接并接近普通的表达。在另一种情况下，当他的兴趣和感受不易被社会接受，或者他的观众是一个很特殊的群体（也许是诗人同行们），他就会敏锐地感受到自己是个诗人，他的表达方式会和正常的社会语言大相径庭。[1]

虽然奥登谈的是"轻体诗"的消散的问题，但其实涉及整个诗歌发展的大势，

---

[1] 威·休·奥登：《〈牛津轻体诗选〉导言》，收入：《读诗的艺术》，王敖译，南京大学出版社 2010 年版，第 126 页。

尤其诗歌的言说方式与社会文化发展的内在联系。实际上，如前文所言，在古典时期以及现代某些特殊时期里流行过的那些较为明确且为大众所接受的韵律体式，大都与一种同质性的社会文化以及读者群体有关系，但是这也会带来种种问题，正如奥登所言："一个社会的同质性越强，艺术家与他的时代的日常生活的关系就越密切，他就越容易传达自己感知到的东西，但他也就越难做出诚实公正的观察，难以摆脱自己时代的传统反应造成的偏见。一个社会越不稳定，艺术家与社会脱离得越厉害，他观察得就越清楚，但他向别人传达所见的难度就越大。"[1] 在奥登看来，19 世纪以来的英国诗歌总体上走向了他所说的第二种情况，因此诗歌也从过去那种与读者亲密无间的"轻"的状态走向了一种与读者较为疏离的"困难的诗"或者"重"的状态。在我们看来，90 年代以来的当代诗歌建立稳固的"形式"的困难，"韵律"之离散与诗歌"声音"之个体化、多元化的趋势，以及由此带来的读者接受的难题，都与社会文化的多元化、读者－作者同质性文化群体的崩散有关系。而这从世界范围来看，却是一个普遍的趋势。在当下以及可见的未来，这个大趋势很难有根本性的改变。因此，也不可能强求诗人去构建一些公共的、明确的形式规则，而只能去思考在种种个体化的韵律形式背后，哪些是可以共享的，或者至少是可以"分析"和"分享"的——而不至于让读者处于一头雾水之中。换言之，或许可以实现一种最低限度的"韵律学"，在一个"重"诗时代里让诗歌变得稍许"轻"一些。

（选自《中国当代文学研究》2020 年第 3 期）

---

[1] 威·休·奥登：《〈牛津轻体诗选〉导言》，收入：《读诗的艺术》，王敖译，南京大学出版社 2010 年版，第 127 页。

写景的心智：抗战时期新诗写景的纵深

／ 范雪

　　"自然""山水""风景"这些有关联，但彼此间含义也有明显区别的所指，总会在文学里有分量不轻的一席之地。它们在不同的历史时期轻重有别，通过对这种差异性和当中变化的讨论，研究者识别出一时一代的意识特征。这类研究成果我们相当熟悉：意识中的"山水"又或极其写实的"山水"[1]、"风景的发现"、发展出古典美学的"山水"和社会主义美学的"自然"……"新诗"研究在这个方面的成果也不少，尤其是在柄谷行人的启发下，新诗和新文学研究的学者们贡献了"风景"与"现代的人"之关系的重要讨论[2]。本研究以这些成果为基础，继续讨论"写景"与现代心智的关系，但并不沿着柄谷行人的"风景的发现"的哲学性路径展开，而尝试讨论"写景"的现代心智与诗歌的文学性元素之间的关系。

　　借用朱自清的观察，全国抗战开始后，新诗的"写景"和"散文化"之间，似乎有一种确实的关联[3]。以此为敏感，这篇论文从战前的新诗写景谈起，着重讨

---

[1]　李约瑟认为中国古代绘画能够表现准确的地质学特征，比如 U 形冰川谷或石灰岩岩溶尖顶，见李约瑟：《中国科学技术史》第五卷"地学"第一分册，北京：科学出版社，1976 年，第 253—259 页。

[2]　吴晓东：《郁达夫与中国现代的"风景的发现"》，《中国现代文学研究丛刊》2012年第 10 期；姜涛：《公寓里的塔：1920 年代中国的文学与青年》，北京：北京大学出版社，2015 年。

[3]　朱自清在《抗战与诗》中说"抗战以来的新诗的一个趋势，　似乎是散文化……自由诗派注重写景和说理，　而一般的写景又只是铺叙而止，　加上自由的形式，　诗里的散文成分实在很多。"《朱自清全集》第二集，长春：时代文艺出版社，2000 年，第 712 页。

论 1940 年代艾青写作中的"自然入诗"，主要围绕这样几个问题展开：抗战中，什么样的"景"进入了"新诗"的视野？产生了怎样的文学面貌？战时写景写出了"风景"怎样的品质？这个品质与"新诗"的语言质地，即"散文化"有什么关系？在"写景"中充分展现的"散文化"文法，体现了"新诗"这个现代汉语的文学实践怎样的思维特征？讨论这几个问题，一方面会借助新诗研究的成果；另一方面，为坚实本文的论述，论文还参考了美术中的"写生"、世界文学与艺术的"写景"问题，以及古代文学的相关研究，以期在战时新诗"写景"的文学实践中，阐发新诗文学性元素的要义。

一、抗战前的新诗写景

新诗写景，不是抗战时期才有的。据万冲的研究，1920 年出版的《分类白话诗选》为新诗归纳类型并将"写景"置于首位，就能说明"写景"在新诗开局之时就已是它的重要内容 [1]。与此同时，关于白话写景之好坏，在当时的诗坛是一个张力颇强的话题，其中的关键是古今之别。姜涛的研究对此问题做了很好的呈现。概括而言，新诗需要有一个从"风景"中疏远出来的"我"，这是新诗与古诗写风景的根本不同，是新诗之所以"新"的根由。过去的种种书写模式都不能恰当地写出"我"看到的"世界"，以及"我"和"世界"的关系，而在新诗里，一个仿佛永恒陌生的"世界"通过一个反思性的"内面"形成了与现代性主体的关系 [2]。这个关系体现了新诗的现代性，而对关系的表述，虽然古有"欲辨已忘言"，现有周作人的"不能用这枝毛笔，／将他明白写出"，但言语无能之感背后认识主体的心智有极大不同。对新诗来说，这个关系可以是观察、审视、探索或研究的，却不能走上古代山水诗那样沉浸于气化与幻想、怀古与沉思，在玄学和时空中体验到"终极感"的道路。

这样的写景新诗，还有一重应被考虑的环境，即它是现代城市的文学。不少研究讨论过新文学的城市属性，如它的作者与读者的新式教育背景、印刷产品的属性、城市与文学消费的关系等。这些种种背后一个简单的重要事实是，包括诗

[1] 万冲：《视觉转向与形似如画——中国早期新诗对风景的发现与书写》，《中国现代文学研究丛刊》2018 年第 8 期。

[2] 姜涛：《公寓里的塔：1920 年代中国的文学与青年》，第 73-76 页。

人和诗歌读者在内的越来越多的人口转移到了城市里生活，同时城市化是一个现代化国家所必须经历的。当时的人也观察到了白话文革命的这一背景，比如陈独秀认为新文学成功的一大原因是"中国近来产业发达，人口集中，白话文完全是应这个需要而发生而存在的"[1]。陈独秀所言透露出，新文化运动中的"白话文"不完全是指民间自然存在的白话口语，它是人口集中后的社会里的整合性语言，是正在形成的以城市为代表的现代社会的普遍语言。这是新文学与古代文人的文学和艺术的重大差别，也正是这一点和它的不可逆，意味着新诗面对的世界和这个世界的走向，与古诗失去了交集。

这里需要岔开一些稍作说明的是，尽管我们现在看古代山水诗有高度程式化的感觉，但若在山水诗的发展历程中去讨论它每一次结构上的生成或新变，会发现其诗歌意象、形式和气质的变化，与具体的诗人，以及诗人与特定时代和特定地方的际遇有非常贴合的关系。比如，魏晋时代世家大族的存在以大田庄作为其物质基础，其中谢氏累代开发的始宁山居其产业规模之大，后人颇难想象。文学史上正是始宁山居的主人谢灵运开启了山水诗的传统。根据萧驰的研究，谢灵运的诗并不是笼统吟咏自然风景，而是极为具体地书写"地方之诗"，甚至这个地方就是他自己家，所谓"山居"不是美学化的修辞，"山"本身就是"宅里山"。与此同时，以长标题标明诗兴本事的诗史新现象，伴随初期山水诗共同发生，这更加说明此时的山水诗有即事即目的日记特征，这个特征促成了山水诗超越玄言诗[2]。古代文学的研究提示我们，正如新诗的倡导者要求诗歌面对新社会时有写实态度，古典诗歌在其自身的许多时刻里，也有相似的态度。区别不是前者是"发现"的诗歌，后者是程式化的写作；区别在于整个社会发生了急剧的变化，汉语和汉字所面对的世界进入了史无前例的"现代"。

史无前例的"现代"，包括着史无前例的场景体验。抗战前的新诗在写景上就开发了许多这样新鲜且现代的场景：公园里、火车上、公寓外、庭院中、城市风景和城郊风景。这些场景的共同之处是都有城市基因。新诗第一阶段的写景名作，比如前文提到的周作人的《画家》、被胡适点名表扬的傅斯年的《深秋永定门城上晚景》，都是城中即景。另一类场景突出的写景发生在交通工具上，特别是火车上，

---

[1]　陈独秀：《答适之》，《胡适文集》卷 3，北京：北京大学出版社，1998 年，第 177 页。

[2]　萧驰：《诗与它的山河：中古山水美感的生长》，北京：生活·读书·新知三联书店，2018 年，第 48—49 页。

比如刘半农的《晓》、康白情的《送客黄浦》《江南》、朱自清的《沪杭道中》，这类诗尽管多是描写自然光景，但客观讲观景视角已是现代产物。与古代山水诗相似，新诗中最浓郁的自然入诗也发生在山林湖泊等大自然元素充分的环境里，比如被不少作者多次写到的北京西山和苏杭一带。但是，这些地点的性质，往往是城市郊区，它们或以郊游之所在被描写，或本身是基于科学安排的病中疗养居所[1]。

新诗进入第二阶段后，根据朱自清的观察是越写越纯。[2]"纯"的好处是作品越来越像诗、诗意精妙；不好之处是造成了封闭，朱自清称"访问的就少了"。"访问的就少了"这句话既可理解为对诗感兴趣、"访问"诗的人少了，也可以说成诗"访问"、关涉到的东西少了。两者共同造成的结果是在这一阶段最突出的诗人那里，我们看到的是对语言、对感受拥有无限精妙组织和把玩能力的作品。坦率地说，现代汉语在 1930 年代最突出的诗人卞之琳手里已相当自足。卞之琳也使用古典的意象，其所在的"前线诗人"的圈子也主动地发现晚唐诗之美[3]，但很明显，他们不是在一个传承下来的知识体系里化用典故，而是如孙玉石所说乃是"现代性眼光的选择与观照"[4]。

在我看来，1930 年代这一派新诗理想最现代的表达，是废名说"白话新诗里头大约四度空间也可以装的下去"[5]。"四度空间"这个爱因斯坦在 20 世纪初才创造出来的新时空观，在当时或许造成了普遍的认识风暴，尤其是当中关于时间维度和时空一体的新意识。把这个最前沿的、来自物理学的意识放进新诗，不一定说明当时北平高校的文学精英们受到"相对论"的什么影响，但这个科学真理很可能强化了新诗对外在世界客观认识的追求。我们在一些非常巧妙的诗里能感到相似的意识：在时间和空间的关系中把一切经验性的东西淘过，得到诗歌最接近真理的认识；诗歌也在追求关于认识世界根本知识的道路上，更像锻炼智慧、逻辑和辨析的艺术了。

[1] 前者如康白情《植树节杂诗八首》《游杭州》、罗家伦《"除夕"入香山》、徐志摩《默境》《常州天宁寺闻礼忏声》，后者如周作人《山居杂诗》、刘大白《病院里雨后看吴山》。

[2] 朱自清《抗战与诗》，《朱自清全集》第二卷，第 712 页。

[3] 张洁宇：《荒原上的丁香：20 世纪 30 年代北平"前线诗人"诗歌研究》，北京：中国人民大学出版社，2003 年，第 120-177 页。

[4] 孙玉石：《新诗：现代与传统的对话——兼释 20 世纪 30 年代的"晚唐诗热"》，见《现代中国》第 1 辑，湖北教育出版社，2001 年。

[5] 废名：《谈新诗》，北京：人民文学出版社，1984 年，第 39 页。

不难理解，在对根本的关心里，"风景"不会有重要位置。在 1930 年代最突出的诗人那里，实景的自然几乎是缺席的。但是，是不是对新诗来说，讨论"自然入诗"一开始就不是一个对的提问方式呢？作为居住环境和审美对象的"山水""山林"有浓郁的前现代特色，而中国古代文人又以"山水"为对象开展了千年之久高度发达的文化活动，这些都可以作为以古今之别为开端的新诗，虚置自然的理由。但是，"风景"的关键不在于它是一类题材，而是它关系着现代的敏感，关系着"自我"认识和处理世界的心智。如果用古诗做比较，古代诗歌也从来没有一类诗叫作风景诗或写景诗，"山水诗"和"田园诗"作为较多涉及写景的成熟大类，牵涉的乃是认识世界的心灵，甚至文化体系的问题。

"自然入诗"在抗战期间被推到了前景，直接原因是迁徙改变了环境。自然风景构成人之所在具体环境的比重，大大增加。因此，包括新诗在内的战时文艺，不得不关注到这些实际的改变，以及随之而来的写作上的挑战。

二、"写意的生活是反常的"

"自然入诗"增多是我们在战时文学中可观察到的现象，它带来的困惑也一并存在。直面自然"写生"的画家，对此有清晰的表白。

战前创作了《怒吼吧，中国》的版画家李桦，在"七七"事变爆发后成为国民党第九战区第一兵团部队的文职官员，参加了部队在屯溪、徐州、河南兰封和武汉外围南浔路方向的作战。1938 年底开始，李桦随军长驻长沙，并在 1944 年第四次长沙会战前夕随部队撤离长沙。李桦的经历的线条可以说紧紧贴着抗战，他在这段时间的美术活动的履历——战地速写，与时代命题一致的木刻创作，办杂志、办展览、举办木刻讲座和函授班等宣传活动——也都可谓积极贴着"抗战"这个时代主题 [1]。

但在撤离长沙后，李桦被迫进入了一段田园乡居的生活：李桦和他的同事被分配到耒阳彬县良田镇驻扎，李桦住在了良田的堆上村。堆上村是一个风景美妙的山村，李桦初到此地时深受大自然的感染，在日记中吐露了比拟黄公望枯坐虞山，

---

[1] 许康：《中国版画元老李桦及其在湖南的抗日美术活动》，《文史拾遗》2017 年 2 期总 108 期。

看云雾、作山水诗的兴致。[1] 正如其心迹的流露，画家在山明水秀中感到了非常真实的精神愉快，也创作了若干以山村风光为对象的纸本色粉写生画。《河畔风景》是李桦良田山居的代表作 [2]。

大自然的形态，特别是山的形状和线条、山与山前低坡或平整田地的映衬关系，以及水面上多变的光色，带给画家极大的触动，画家努力在作品里捕捉自然景观的丰富的视觉刺激。甚至，在融入良田山水田园的这段时间里，李桦主动地选择不使用木刻和水墨来表现自然，而是特地启用一年前在长沙购买的 REVCE 四十二色粉笔，创作色粉画。色粉的首要特征就是它有丰富的色彩，李桦坦言，"我爱水墨能写出山间的浓淡水蒸气，然我恨水墨无法描绘出它的色彩……今天和大自然接触得更密切的时候，又当我开始用粉彩去描写自然美的时候，我特别感到色彩的重要" [3]。

但是，李桦对这样的生活和创作总有怀疑。他在 6 月 8 日的日记里先讲了一大段"雨时戴着斗笠在青绿的禾苗中散步"时身心的透彻舒畅，随后很快心绪转折，发出"写意的生活是反常的"之否定感慨。[4] 这种怀疑对一直投身在紧贴时局的生活中的李桦来说，是近乎本能的；或者说，这种山水田园的生活，对所有经历过现代生活，内心受到了现代性影响的人来说，都不可能是完全踏实的。

当战争迫使许多人在迁徙中遭遇了南方绿意盎然的自然时，"写意的生活是反常的"其实是相当普遍的一类心态。我们在后人整理结集的大后方诗文中，能找出不少这类情绪，甚至因为南方的植被更茂盛、水汽更丰沛，大自然常绿的时间更长，身在其中的人会更觉烦闷，当时有人称这种被困在绿色水汽世界里的状态为"囚绿"，即被层层叠叠的绿色淹没而倍感消沉 [5]。这不只是某个人的感受的问题，它提出了一个非常新的挑战：现代人如何进入自然、理解自然？如何把自然纳入

[1] 李桦文、李抗编：《李桦日记，一九四四》，北京：人民美术出版社，2015 年，第 50 页。

[2] 李桦文、李抗编：《李桦日记，一九四四》，第 182 页。

[3] 李桦文、李抗编：《李桦日记，一九四四》，第 66 页。

[4] 李桦文、李抗编：《李桦日记，一九四四》，第 57 页。

[5] 秦牧主编的"大后方文学书系"中有多篇这类情绪的文章，如施稔的《山中文札》、王德龙的《我遥望着北方》、尹雪曼的《春天之歌》、包白痕的《忧郁底山城》等，见秦牧主编：《中国抗日战争时期大后方文学书系》第五编"散文·杂文"第一集，重庆：重庆出版社，1989 年，第 91-101、109-110、130-132、169-171 页，"囚绿"一词出自施稔的《山中文札》一文。

新的现代生活及其感觉？"反常""囚绿"是现代人在与自然相处中诞生的新情绪，但也明显是一类无法把自然梳理进自我的、对抗的情绪。

战时新诗提出了几乎与"反常""囚绿"一模一样的问题。"自然入诗"与李桦遭遇良田山水一样，在写作的发生上有明显的"被动"特征。这首先是，自然风景不是诗人们会主动青睐的题材。让 1945 年的闻一多来说，当时应该去追求的写作肯定不是写风景。闻一多喜欢田间创作的那种适合表演的诗 [1]。朱自清也赞扬了表演性的朗诵诗激发的能量，他将朗诵的场面描述为"活在行动里，在行动里完整，在行动里完成"，朗诵诗因而是"新诗中的新诗" [2]。闻一多和朱自清喜欢的朗诵诗，显然已不纯是视觉的、文字的、纸上的诗了，这类作品的要素更接近表演，以声音为主要表达力，追求现场能量的爆发和强感染力。战时诗歌发展出的另一类先锋，据姜涛的研究是"诗与杂文的短路、山歌与报纸的纠葛"。

穆旦《五月》和袁水拍《马凡陀山歌》表现出的语言高速度的拼贴，词、物、声、画如走马灯般地变幻，是把现代城市报刊文化造成的信息爆炸与公私越界的感受主动纳入诗歌的实践，在更群体性的空间和媒体信息制造的感觉结构中激发诗歌的新的技术和文体可能 [3]。在战时情境里，类似这样的新诗实验和创造的先锋之举，还有其他。如果把田间放在根据地的"街头诗运动"里看，其作品风格的先锋性就不是闻一多看重的生命力，而是诗人在具体环境中真正参与了政治行动，诗歌本身也完全脱离印刷限制，成为可随地制作的实在物而发挥能量。

上述诸种新诗之"新"的方向，符合人们对战争年代文艺"先进性"的设想，它们就像李桦创作的记录战场瞬间的版画一样，很强地介入了时代的主流命题。换句话说，这些作品所表现的内容和它们本身，是战争图景里相当明显的前景，其政治性与社会性一目了然。与之相比，"风景"是一种先天上与政治和社会关联舒缓的写作。大自然，无论从战略、建设，还是从写作的角度来说，都是背景，甚至比背景更淡。

当然，"写景"与宏大命题或朗诵并不冲突，比如戴望舒的《我用残损的手掌》就相当适合朗诵。对这个问题做一些分析，可以帮助我们更深一点地分辨"写景"

233 ·

---

[1] 闻一多：《时代的鼓手——读田间的诗》，《生活导报》1943 年 11 月；闻一多：《艾青与田间》，《联合晚报》1946 年第 2 期。

[2] 朱自清：《论朗诵诗》，《观察》1947 年第 3 卷第 1 期。

[3] 姜涛：《是你们教了我鲁迅的杂文：由穆旦说到袁水拍》，《文艺争鸣》2018 年第 11 期。

的文学性问题。《我用残损的手掌》中有这样的段落：

> 这长白山的雪峰冷到彻骨，
>
> 这黄河的水夹泥沙在指间滑出；
>
> 江南的水田，你当年新生的禾草
>
> 是那么细，那么软……现在只有蓬蒿；
>
> 岭南的荔枝花寂寞地憔悴，
>
> 尽那边，我蘸着南海没有渔船的苦水……
>
> 无形的手掌掠过无限的江山，
>
> ……

　　不难发现：此诗所写之景，不一定是戴望舒自己真的经历过的风景。这是一系列想象的风景：长白山的雪峰、黄河的水、江南的水田、岭南的荔枝花、南海的苦水五种景观从北往南依次排开，象征着中国国土从北往南的幅员辽阔和它正在经受的全面的苦难。卞之琳在抗战初期敏感地注意到，战事推进在地图上的反映，比如"徐州"或"京沪铁路线"，造成了战争以地理信息的方式唤醒中国人国家意识的效果，这被他称为"侵略者为中国人民发动了中国地图"[1]。戴望舒的这首诗，跟卞之琳说的状况有些相似。

　　在诗人选择的景观里，譬如江南水田、岭南荔枝花和南海之类，可能带着诗人过去亲见过的印象，但更准确地说，诗中的景观有鲜明的"地图标志物"的特征，只不过从卞之琳举例的行政地理元素，换作了自然地理元素。而由"地图标志物"这一点来揣测，这首诗在景观的选择和写作上，恐怕难脱"地图"的启发和影响。同时，"地图标志物"必然不是"无名"的，不是没有历史、没有含义的风景；戴望舒所选择的地理景观，在汉语的文化体系和人们的感觉结构里，是能激起高度共通情感的意象；它们排列在一起更是代表中国的符号，是"无限的江山"的符号。

　　战时新诗写景大多类似于此，但本文要讨论的"自然入诗"不包括这类，原因有二。第一，这类诗中的景观，符号意义大于实在之景。比如与上述戴望舒一

[1]　卞之琳：《地图在动》，《卞之琳文集》（中卷），合肥：安徽教育出版社，2002年，第84-85页。

诗相似，穆木天的《月夜渡湘江》全诗有 42 行，大多是关于景色的句子，但描写眼前湘江实景的诗行大约只有 10 行。诗人无法不从湘江延宕开去，一跃千里地把长白山、大庾岭、松花江、鸭绿江、澜沧江、帕米尔高原、东海滨等充满象征功能的景观符号联系进来，造成祖国疆土可触可感之范围肌理。第二，因为启用的多是符号化景观的象征意义，这些作品容易出现较高雷同性，写作上也有程式化的倾向。我们要讨论的那类，望向实地之景，用现代汉语充分地把具体的自然做一番组织，赋予自然景观一些几乎从来没有过的新鲜的意思的作品，数量其实很有限。

　　"被动"，是这类进入到具体地方之自然实景中的写作的重要特征。与以往诗歌中的旅行的风光不同，"七七"事变后自然入诗的大环境是诗人的被迫转移，这意味着，迁徙抵达的目的地和期间的经历，对大多数人来说超出了他们曾经有过的经验。大量陌生袭来，大量景观闻所未闻、见所未见，甚至与这些陌生要共处多久、怎么共处，都是超出预期的。然而，可能正是此种"被动"，有真正拓宽写作局面，打开新诗心智新的纵深的能力。正如段从学在对穆旦《小镇一日》的分析中指出的：小镇的种种景象使战争初期旅行途中封闭在想象和期待中的风景，"被动"地变成差异性张力极强的对"'现实'的发现"。[1] 就自然入诗而言，战时的"被动"意味着许多"五四"新文学还没有提出来的问题，向诗人们共同开放了：诗人经历了怎样的自然？诗人如何辨析具体的地方实景和沉积在文化中的抽象的景观？诗人能否发展出合适的感受力理解自然？现代性的心智，如何与自然兼容？

三、"无名之地"的风景

　　放在文学史里看，上述一系列问题对诗人来说，都是很大的挑战。他们的写作既容易落入前现代山水写意感受力的窠臼，也很容易根本无法形成对风物细节的敏感，而使用现代汉语充分地将自然塑形，并灌以我们可以称之为"诗意"的气氛，更是艰难的工作。李桦的自我怀疑和符号化景观在战时新诗中的大量存在，都能说明这一点。当然，上面举例的戴望舒、穆木天的诗作也体现时代意识，其诗中，长白山、帕米尔高原、澜沧江这些地方的特点是"有名"，且这里的"有名"区别

[1]　段从学：《〈小镇一日〉："路"与"内地的发现"》，《文艺争鸣》2018 年第 11 期。

于旅游观光的"名胜"。

1930 年代成熟旅游业覆盖的范围还远未频繁触及边疆的大山大河，主要集中在华东地区沪、浙、苏、皖四省市范围内的名山、名水与名园[1]，这些地方作为旅游的"名胜"已有几百年的历史，产生了无数书写它们的文学和艺术作品。相较而言，诗歌书写长白山、大庾岭、澜沧江、帕米尔高原等景观则是一个现代事件。这些地点作为国家象征的著名地理标志进入诗歌，景观本身高峻、宏大、广阔、壮观的特征也取代传统名胜雅淡、优美的文人趣味，构成了满足现代国家自然地理在美学上的要求。但是，若言及新诗自身的发展，可能如传统诗歌的每一次飞跃或转变一样，大时代的猛力作用在个人身体与精神之上而发生的写作，才是更显著的心智上的纵深。

艾青抗战期间的诗歌里，常被提到的是《吹号者》《他死在第二次》《火把》等时政性、社会性强的作品。但整体看，他这一时期诗歌的主要成色应是《秋日游》类的写景之作。从 1938 年到 1940 年，这些写景诗按时间顺序有：《斜坡》《秋晨》《冬日的林子》《秋》《秋晨》《低洼地》《水牛》《我们的天地》《旷野》（1940年 1 月和 7 月各作一篇）《解冻》《山城》《土地》《水牛群》《矮小的松木林》《灌木林》《初夏》《雾》等。他的这批诗，有相当好的文学品质，但艾青的态度不是很自信。1940 年他的这批诗结集为《旷野》出版，艾青在序里坦言："旷野集所收诗二十首，均系作者在西南山岳地带所作，或因远离烽火，闻不到'战斗的气息'，作者久久沉于莽原的粗犷与无羁，不自禁而有所歌唱，每一草一木亦寄以真诚，只希望这些歌唱里面，多少还有一点'社会的'的东西，不被理论家们指斥为"山林诗'就是我的万幸了"。[2]

这般低调谦卑的态度，与李桦在山村写生中感到"写意的生活是反常的"，颇为相似。在战时，"写景"不具有不证自明的价值，艾青刻画自然的做法在当时的新诗写作中很不普遍；即便是现在，不仅艾青的湘南写作少被深入讨论，"写景"在关于战时新诗的研究中也不是个重要的话题。但是，艾青写作的核心意象"土地"正是在"沉于莽原的粗犷与无羁"中形成的；文学史说他"既与西方印象主义绘画有关联，也与中国古典诗歌保持内在的联系，在中国新诗发展历史上所

[1] 参见黄芳：《中国第一本旅行类刊物：〈旅行杂志〉研究》，湖南师范大学博士论文，2005 年，第 154-155 页。

[2] 艾青：《旷野》"前记"，生活书店，1942 年版。

完成的是历史的'综合'的任务"[1]——这一超高评价也多基于他此时的创作。因此，这里的问题就是，这个相当好的由"写景"达到的文学品质，与时代是疏离的吗？这也是一个老生常谈的问题，看上去"纯粹"的文学与时代是疏离的吗？我认为，这个问题只有在对文学的品质做出基本判断（而不是抛开文学的好与坏，去申发文本与宏大命题之间似乎皆可附会的意义）的基础上，才有可能进一步讨论诗歌品质所达到的程度意味着什么。

湘南桂北之写景，写的是"地方"的风景。这里的"地方"比湖南小、比湘南小、比桂林小、比诗人所在的新宁小，也就是说比一切在意识中可以轻松获得的概念都小，小到往往只是艾青框入眼睛的景观。它们非常具体，艾青也耐心地写出一时一地之地形、植被、土壤、季节、温度、农民、牲畜的详尽信息，以及村屋与山、林、池、路、田等具体环境元素的位置关系。甚至村屋的形态、建筑材料和诗人是站在什么位置去获得景色的，读者都有线索去体会。诗歌也因此传递出具有实感的感染力。然而，写身边的地方之景，艾青却回避掉了几乎所有的地方性要素，包括地方上的传说和历史、地方名胜、地域性格和其他一切有文化特征的"地方"的内容。这与中国古代的地方书写传统，明显不一致。传统社会的地方写作往往是地方精英的社交成果，进而又参与塑造当地的共同文化。从晚清到民国的革命性变化大大弱化了这个地方书写的传统，这个过程可以用我们已经很熟悉的，地方意识向国家意识的转变来解释。但在景观上，国家意识也制造了新的符号，前文所举例中写景必提黄河、帕米尔高原、松花江之类，可以算是发展出的新的程式。抗战中，艾青也回避了这种当时颇为流行的，以地方景观象征"国家"的符号系统，他以极其朴素的、"生"的状态进入风景，所进入的是与朴素和"生"相匹配的"无名之地"。

与文学相比，写"无名"的"生"景，在美术界是更明显的风潮——"写生"。西方，特别是印象派所代表的革命性的"写生"意识，在20世纪初进入中国的艺

237 ·

[1]　钱理群、温儒敏、吴福辉：《中国现代文学三十年》，上海：上海文艺出版社，2000年，第613—624页。

术教学体系并成为被广泛实践的手段 [1]。抗战中，画家的目光大规模向"写生"敞开，人们不仅对迁徙做出反应，创造表现沿途风景的作品；探勘从前绝难进入知识分子画家视野的西南西北的风光与民情，更成为相当多画家的主动追求 [2]。战争结束后，"写生"也未因 1949 年的政权更迭而终结，新中国时期，浸入到风光显著的自然之中的"写生"，仍是画家刷新自我、制造创造力的重要方式。抗战期间，郭沫若对"写生"有过大力褒扬："生面无须再别开，但从生处引将来；石涛珂壑何蓝本？触目人生是画材"。在这个看法里，"写生"的先锋性来自"生"本身携带的巨大能量，"生"之无限的丰富和活力，使"写生"成为力破传统之沉疴陋习，开创当代之真实与鲜活的重要方法。[3]

艾青的写景，很有"写生"的特征，甚至比美术的"写生"更纯粹——画家西南西北的"写生"，有很多是把少数民族神秘的"陌生"开发出来，讲究有一些情调，也用研究的态度去考察；湘南写景里，诗人却毫无把对象塑造得神秘、陌生的想法，既不追求情调，也没有研究的打算，风景就是一些极度平凡也极度客观的存在，它们要么是以静物画的方式被观察，要么是以画中游的方式被铺叙展现。但也正是在这样排除了人之文化、情调和研究的写作里，"生面无须再别开，但从生处引将来"之"生"，一方面非常自然平常、无须别开，另一方面却表现出极强的诗意的感染力。

四、散文的风格

使"生"的力量被充分地释放出来、饱和地流淌出来的，是诗歌语言对对象充分的"观察"和"描写"。比如下面这首诗中，由目光追随景物的变化而发生的，对景观的点、线和面的探索：

[1] 吴洪亮：《漫道寻真——庞薰琹、吴作人、孙宗慰、关山月 20 世纪 30、40 年代西南、西北写生及其创作》，载关山月美术馆编：《别有人间行路难——二十世纪四十年代庞薰琹、吴作人、关山月、孙宗慰西南西北写生作品集》，长沙：湖南美术出版社，2013 年，第 165-166 页。

[2] 黄宗贤编著：《抗日战争美术图史》，长沙：湖南美术出版社，2005 年，第 190-193 页。

[3] 陈俊宇：《别有人间行路难——略论关山月早年绘画艺术特征》，载关山月美术馆编：《别有人间行路难》，第 203 页。

雾的季节来了——

无厌止的雨又徘徊在

收割后的田野上……

那里，翻耕过的田亩的泥黑

与遗落的谷粒所长出的新苗的绿色

缀成了广大，阴暗，多变化的平面；

而深秋的访问者——无厌止的雨

就徘徊在它的上面……

人们都开始蛰伏到

那些浓黑的屋檐里去了；

只有两匹鬃毛已淋湿的黑色的马，

慢慢地走向地平线

探索这田野的最后的绿色……[1]

　　但如果只是笼统地讨论"观察"和"描写"如何制造诗意，其实非常难说明。这里我们可以借助关于世界文学和艺术中"写景""写生"的研究，打开讨论这个问题的途径。

　　艾青的湘南写景，与俄国诗人蒲宁（Ivan Alekseyevich Bunin，1870—1953）和画家列维坦 (Isaak Ilyich Levitan，1860—1900)——他们是创造了俄罗斯风景的一代人——的作品颇有几分相似。蒲宁研究者对其作品的文学品质，做过精确的描述："蒲宁力求语言的丰富、完美，而独到的精确观察是其描述现实的基础。"[2] "他的方法不是勾勒而是极尽渲染，每多一个感官触及的事物，作品就多添一层厚重感。""他心目中文学的真理非常明了：观察、刻画……他没有玄虚矫饰，却能在艺术性上得到绝对保证。""布宁运用词汇在以上意义上是无选择的，他恨不得将每一个情境下的所有细节和盘托出，以使情境被涨满。他在表达时的不可避免的量上的有限性，因此给人以质上的无限感"[3]。

[1]　艾青：《秋》，载《艾青全集》第一卷，石家庄：花山文艺出版社，1991年，第288页。

[2]　叶红：《蒲宁创作研究》，北京：北京大学出版社，2014年，第1页。

[3]　席亚兵：《契诃夫与布宁：散文的风格》，北京大学硕士论文，1996年。

艾青虽然没有达到这样的程度，但湘南写景与上述文学取向，是一致的。艾青对感官触及了又再漫开的感觉，非常敏感，然后通过语言对这种感觉抵达的自然风物的样子做细描，并由此创造出诗意回荡的空间。"感觉敏感"和"营造形象"，是一对互相促成的并生的方法，所实现的是诗歌非常可感可知的气氛。艾青本人对"感觉"与"形象"也有清楚的自觉[1]：

形象是文学艺术的开始。

诗人主要的是要为了他的政治思想和生活感情，寻求形象。

连草鞋虫都要求着有自己的形态；每种存在物都具有一种自己独立的而又完整的形态。

诗是由诗人对外界所引起的感觉，注入了思想感情，而凝结为形象，终于被表现出来的一种"完成"的艺术。

这是《旷野》集的文学性所在。从文学的取向来说，战时大部分诗歌可能更热衷道理、知识、议论、心情或哲思，其中的认识有深有浅，深者如穆旦、冯至、杜运燮，浅者看上去是教人抗战。艾青的写景诗，有些也有象征的意味，比如"土地""旷野"已有抽象意味，但他的主要方法，还是如上文所说，通过形象和为形象营造浓郁的感觉气氛形成象征，而不是玄妙哲思的象征。[2]

细致刻画自然，在写作上表现出的风格，是朴素。如果我们回忆一下古代文学特别是赋、宫体和词的样貌，会同意细描客体与朴素风格之间没有必然关系。在艾青的诗里，这种朴素，由"散文化"的白话诗歌语言实现。我们知道，"散文化"是白话新诗立本的特征。关于新诗的这个特征，废名有过很清晰的说法："我发现了一个界线，如果要作新诗，一定要这个诗是诗的内容，而写这个诗的文字要用散文的文字""我们写的是诗，我们用的文字是散文的文字，就是所谓的自由诗"[3]。如果把"散文化"的话题再深入一下，一个立刻会浮现出来的问题就是，废名一再强调的"散文的文字"究竟是什么，以至于它跟"新"的诗歌的关系如

---

[1] 艾青：《诗论》，《艾青全集》第三卷，第5—34页。

[2] 在艾青的意识里，诗诉诸形象和感觉，这也是诗与哲学的显著区别："哲学抽象地思考着世界；诗则是具体地表现着世界"，参见《诗论》，《艾青全集》第三卷，第6页。

[3] 废名：《谈新诗》，第24—25页。

此紧密?

我认为,"散文的文字"的所指,是一体两面的内容:新的文法和文法体现的思维。文学的语言和思维的关系,在现代文学的研究中很少被讨论,但这是一个相当重要的话题。古代文学研究者在这个话题上的讨论,可能对我们有些启发。朱刚在考察"对偶"的发展时指出,"骈文流行既久,对人们的思维方式产生了极大影响",因此尽管韩愈能够"通过拉长、缩短、分离、组合句子成分的办法,解骈为散,使之成为长短错综的'古文'",但他脑子里的事物、概念总是一对一对的,"这个世界已经被如此结构起来,韩愈可以解散句型,却不能解散这个世界"。

朱熹的思维同样是这个特征,"由一对一对的事物和概念结构起来的""这不光是文字形式问题,如果关于本来成对的事物和概念只说其中之一,思想上也就不成条理。很难说这样的思维方式和骈俪句式谁决定了谁,但它们似乎一定会互相选择对方"。[1] 朱刚所言,正是废名说的"旧诗词里的白话诗和非白话诗,不但填的是同一谱子,而且用的是同一文法"的要害。"白话"与否不是最关键的,关键的是语言组合的形式和选择了形式的思维方式,而这也是"散文化"新诗所面对的核心挑战。

那么,"散文"是什么思维方式?由于这方面的研究过于缺乏,这篇论文也只能大胆地提出基于阅读的感性看法。新诗的散文化,力求打破过去语言形式和思维方式中"成对"的结构,也就是"对偶";这个结构依靠"比"、联想和拼贴的方法而成,在长期的发展中,它逐渐成为作文法的制度性要求。汉语写作者对"对偶"有根深蒂固的迷恋,"成对"在本质上则有超现实、非线性逻辑、互相印证生发的特征。这在萧驰关于"山水"一词从偏正关系词汇"山中的水",演变为并列关系词汇的考察中,很有体现;在诸如"桃李春风一杯酒,江湖夜雨十年灯"的意象跳跃、拼贴的诗歌组织法中,也不难感受。

"散文化"要破除的正是这样的无甚具体逻辑的意义的生产,换句话说,比韩愈的"解骈为散"要求更"散"的现代作文法,它追求的是基于理性的对具体事物的观察,并最终按照一定的线索,对观察做出描写和呈现。由此塑造的诗,诗的推进是线条式的,意思的展开也有明显的线索。艾青的写景在"观察""描写"和"具体"上的成功,以及通过对视觉、嗅觉、触感等人的感觉变化的细致捕捉,

---

[1] 朱刚:《从修辞到体制:扇对与八股文》,《南京大学学报》2015 年第 5 期。

展开的如前文所讲的信息详细、逻辑清晰、充满实地感的"地方"写景之作，正是"散文化"思维方式的一个成果。

在艾青的诗里，正是这样的文学语言及其思维方式，塑造了"风景"的"朴素"。但是，"朴素"是不是只是一种毫无学术解释力的感觉呢？这可以通过考察"写景"的经典之作获得启发。"无名之地"也是前面提到的旧俄画家列维坦的主题，他的大部分作品如《深渊》《湖》《春潮》《金色的秋天》《白桦林》《树林里的池塘》等，只看名字便知晓画家沉浸在极其具体的某时某地大自然的色彩、质地、气味和变幻中，却无意识赋予这些自然什么社会性的声望，在"无名之地"的风景里，画家在乎的似乎永远是"样子"的表达。

艾青是学画出身，他对写诗如写静物一般保持朴素的写作道德，是有意识的 [1]，而由此达成的最好效果，借用蒲宁研究者的称赞，是"一种既未坠入'冷漠'也未坠入'醉意迷糊'的理想风格" [2]。这样的"朴素"是革命性的。朴素的俄罗斯的无名之地的风景，挑战了当时主导着绘画的神话和历史题材，景观本身也冲击了思维里中南欧的风景更高级的定势。从对列维坦及其所属的"巡回画派"的研究能看到，在那个时刻，"风景"里充满了关于等级、民族国家以及民主主义的抗争，新的朴素的风景里全是历史翻篇的瞬间 [3]。从这个角度看艾青，抗战中的"无名"的土地，戒掉了一切名胜和地方性情感里突出的中心意识和自我好感，它以一种史无前例的方式，与"国家"的情感联系在一起。这种关联不借助概念、文化和美，也不使用"国家"已有的成套的符号，它直接来自自然、来自"生"的大地、来自每个人都能拥有的身边之景，并完全尊重个人的身体的感觉。

结语

作为题材、对象、人的生存环境，以及新诗不可能始终漠视的世界的一个组

---

[1] 比如"使你的感觉与思维在每一个题材袭击的时候，给以一致的搏斗，直到那题材完全屈服为止"之类的观点，参见艾青：《诗论》，《艾青全集》第三卷，第 19 页。

[2] 席亚兵：《契诃夫与布宁：散文的风格》，北京大学硕士论文，1996 年。

[3] ［苏联］普罗罗科娃：《俄国风景画家列维坦》，孙越生译，西安：陕西人民美术出版社：外国美术家丛书，1984 年。［苏联］冈姆别尔格—维尔日宾斯卡娅：《俄国巡回展览画派》，平野译，广州：岭南美术出版社，1984 年。

成部分，"自然"应该在新的现代文学里有一席之地。在某种程度上，对艾青的战时写景来说，"中国的"和"战时的"这两个空间与时间框架，涵盖不了文学的全部意义。在艾青于湘南桂北创作的这批文学质量很高的"写景"作品里，"自然"通过讲究线索的理性的语言的观察和描写，不再与文人和文化混为一体，它获得了朴素、具体、肯定"生"、肯定个体的感觉等一系列的新的品质。这些品质，一方面不是艾青独有的，因为它来自新诗写景背后，现代汉语文学及其思维正在创造的"自然"的质地——它们在当时及之后的文学和美术里，一再地出现。另一方面，如果把艾青与蒲宁、列维坦，或者他学过的印象派放在一起的话，我们会发现"写景"在文学品质上达到的程度，造成了"新诗"和"自然"共同的纵深性发展，这具有了与我们援引的世界文学和艺术一样的、历史翻页瞬间的"现代"意义。

（选自《现代中文学刊》2020 年第 5 期）

辛辣的诗意与得体的救赎

——谈露易丝·格丽克的诗

/ 臧棣

在 2020 年的诺贝尔文学奖公布之前，我倒是猜到最有可能折桂的是诗人，而不是坊间纷纷传言的小说家，捷克的昆德拉或阿尔巴尼亚的卡莱达。但必须承认，我并没有丝毫预感，像露易丝·格丽克这样的诗人会获得这一殊荣。在我心目中，当今世界最值得奖掖的诗人是加拿大诗人安妮·卡森。换句话说，大致的地理位置，猜得不算离谱，但具体到人，无论我心中的预感多么强烈，结果毕竟是落空了。落空并不意味着失望。从最初的错愕中迅速回过神来之后，我开始在内心深处捕捉到一种久违的认同感，它非常类似于前些年颁奖给布罗茨基、希尼和沃尔科特时在我的文学感觉中激发的审美的欣悦。

相比之下，在以往的诺贝尔文学奖构建出来的和诗歌有关的评判趣味中，格丽克的诗歌格局似乎有点偏窄；但这样的看法绝对是一种误解：既是对格丽克的误解，在某种意义上，也是对当代诗歌的误解。比如，在中文诗界最先表现出来的反应中，这种倾向几乎占了上风。在当代诗界很有影响的诗人欧阳江河就对媒体表示，格丽克只是"略有点流行的学院派小众诗人，相当杰出，但肯定不是一个伟大的诗人"。还有一批诗人的反应也很典型，他们似乎从格丽克的获奖中看到自身的某种前景：既然像格丽克这样的"小众诗人"，"题材这么狭窄"，都登上了诺贝尔文学奖的神殿，他们的诗歌在即将到来的某一天似乎也有浑水摸鱼的可能。总之，格丽克的诗，让他们获得了一种莫名的自信。

这样，第一个问题就来了。格丽克究竟算不算大诗人？或者更进一步，衡量现代诗人配不配伟大的标准，是否只能以庞德或弗罗斯特这样的诗人来锚定？在我看来，答案当然不是没有争议的。表面上，这样的分歧很容易陷入意气之争，结论似乎只能莫衷一是。但从文化心理的角度深入辩驳的话，就会觉察到，很多时候，在对待像格丽克这样的诗人时，我们既往的流行的诗歌尺度是非常成问题的，亟需深刻反省。格丽克获奖当天，也曾有媒体电话采访我，针对提问者所称的"诺贝尔奖冷门"，我明确表示，格丽克绝不是什么小诗人，绝非"写得比较出色、至多只能算是优秀诗人"而已；我的裁定是，格丽克是一位"堪比艾米莉·狄金森的大诗人"。或许，我使用的口径在媒体看来有点惊耸了，最终没有采纳。不过，也有一些当代汉语诗人，比如现今在美国任教的王敖就和我的看法一样。

其实，诺贝尔授奖词里使用的"普遍性"一词，已非常明确地提示了格丽克的诗歌格局："那毋庸置疑的诗意声音具备朴素之美，让每一个个体的存在都获得了普遍性。"换句话说，格丽克的诗歌基点，是"个体的存在"，但作为一个自觉的诗人，她为这"个体的存在"设定的诗歌音域，却不限于倾诉个人的感受，而是努力从诗歌和神话的关联上，重新展现我们的生命在这个艰难世界中的神圣性存在：即以希腊神话意义上的"哀歌"为背景，寻觅获得"更高的生命感觉"。在诗人的随笔《诗人的教育》中，格丽克本人也明确讲过，她的诗歌出发点是，在这"无助"的世界里，重塑一种"高贵的生活"。这契合荷尔德林对诗歌的本质的认定，也暗合艾米莉·狄金森的做法。可贵的是，格丽克也充分意识到这个世界的复杂性；比如，她并无打算用这"高贵的生活"来取缔充满喧嚣的现实世界本身。那样的做法，对一个有责任感的诗人来说，太草率，也太简单。格丽克遵循的是她的前辈美国诗人华莱斯·史蒂文斯的想法：我们面对的世界，无论有多少沉重的阴影，在本质上，它是"不完美的天堂"。而假如"不能生活在客观世界里"，是一种巨大的精神缺憾。

如果缺乏细致的深入阅读的话，格丽克的诗歌取材，的确容易给人造成某种误解。比如，她的诗歌带有很强的自传色彩，虽然在多个场合，格丽克反复澄清过，她或许是一个"自我中心主义者"，但她绝对无意写"自白派诗歌"。她的早期诗歌被认为是在罗伯特·洛威尔和西尔维娅·普拉斯的双重影响的焦虑下完成的。这样的评价，有偷懒的嫌疑。格丽克的诗歌师傅，是美国诗坛上很有名望的一位诗歌大家斯坦利·库尼茨，公认的"诗人的诗人"。库尼茨的风格，精细的描绘，简朴的传达，富于机智的洞察，这些要素都在格丽克的诗歌中获得强有力的审美延伸。

换句话说，尽管诗歌的取材同诗人的生活经历关系密切，但诗人言述它们的方式并不是主观的。库尼茨的诗歌偏爱"寓言诗"的类型，喜好在诗的结尾将诗人的观感提炼为一种寓言式的反观，以获得一种经验的普遍性。就诗的结构方式而言，格丽克的做派也可说是如出一辙。不过，在我看来，格丽克的诗歌实践似乎更靠向一种"激进的审美"：即在我们这个发誓要祛魅的时代，一向爱说自己有"野心"的格丽克要写的是一种变形的神话诗。格丽克的诗歌寓意，仿佛是说，这个世界之所以还能够被容忍，或值得被容忍，就在于我们的经验也是我们的神话。这样，我们对这个世界的体验越是充满矛盾，我们也就越有可能获得一种精神的救赎。像艾米莉·狄金森一样，如何锻造日常经验的神秘性，是格丽克为她的诗歌确立的首要目标。

格丽克写过一首小长诗《哀歌》。这首诗也被公认为她的代表作。非常巧合的是，在最早被译介成中文的格丽克的诗作中，就有这首诗的全译本。彭予教授早在三十多年前就翻译了它，并将它收录在1989年出版的一本美国现代诗选《在疯狂的边缘》中。二十世纪九十年代中期，我偶然读过这首诗后，就深受触动，并因此记住了格丽克的名字。不仅如此，我还在私底下做过一个粗略的比较：同样是写神话诗，同样启用了神话的诗意视角，当代中国诗人和当代美国诗人的做法，简直有天渊之别。当时用来和格丽克做比较的当代中国诗人，我选取的是海子和骆一禾。海子的神性诗意书写，完全规避了日常的经验世界，更偏向于幻象体验；诗歌的感情强度源于一种近乎非宗教的宗教情绪。而在格丽克的诗歌中，时常流露的类似宗教情绪的生命感怀（比如格丽克写过很多首以晨祷或晚祷为题的诗），其美学功用意在强化我们对日常经验的可体验性。而作为打开我们反观这个世界的一种方式，日常经验的神秘性，通过浸透着"朴素之美"的语言被捕捉到，再作为一种精神的馈赠，返还给生存的日常性。透过《哀歌》这首诗，我们大约也能窥见格丽克最基本的诗歌想象力：从神话的视角出发，怀着某种哀伤（有时很深，但并未陷入虚无），审视并重新接纳我们不得不生存在其中的世界。《哀歌》这首诗充分展现了格丽克对私人经验的变形能力。从阅读的角度看，这种变形能力，主要体现在格丽克将自传性素材重新拆散，再将它们对应于人类神话学意义上的诗意经验。在"神谕"这一节中，人类和造物主的关系，被作为审视存在的本质的一个对象提出：

他们都很平静，

女人面带悲伤，男人

像树枝一样插入她的身体。

但上帝在注视着，

他们能觉察到他金色的眼神

在大地上开出了花朵。

谁知道他想要干什么？

他是上帝，也是一个怪物。

所以他们等待着，

而这世界充满了他的光辉，

仿佛上帝渴望着一种理解。

  诗的画面像纪录片里的远景，诗的语言则像格丽克其他诗歌中的用语一样，风格简朴，极力避免过度修饰。而这种朴素也会导致一个暧昧的后果，如果阅读不走心的话，其间埋伏的深意很容易被滑过。在修辞策略上，格丽克很看重"悖论之美妙"，这也是她自己用过并强调过的一个概念。反映在诗句中，"平静"和"悲伤"之间，就存在着富于暗示的"悖论之美妙"。按常识的标准，既然"平静"，也就谈不上有什么"悲伤"或"忧伤"。之所以会突然冒出一种"悖论"，原因在于这表面的"平静"是来自外部的审视；细究起来，这"平静"更接近于苏格拉底的"无知"，更像是一种对自身处境的浑然不觉。而女人的"忧伤"则代表着对这"平静"的一种本能的反抗。对比之下，男人的表现完全不及格，他的动作倒是看上去很自然，"像树枝一样"，但正是这种肢体的物化，反而抹去了情感的印迹，将创造新生的爱的动作降格为一种非人格的盲目的延伸。涉及这个世界的本质的辨认，格丽克的态度显得很激进，"上帝也是一个怪物"；他好像渴望由男人和女人构成的我们能主动去理解他的意义，去沐浴他的神性的光芒，但造物的同时，却并未真正能赋予我们一种充满自我警醒的感受力。一切只能靠男人和女人的本能来误打误撞。另一个隐含得更深的悖论是，只有我们毫无保留地神秘地理解了上帝本身，上帝本身作为一种存在，才会被我们所理解。显然，这样的互为前提，必然预示着上帝的爱常常被扭曲，因而是"狂暴的"。而这种狂暴又强化了命运的偶然性，令存在的真相变得更加晦暗不明。事情进展到这一步，格丽克的意图也或多或少染上了一种启示录的色彩。涉及存在的真相，世界的基调是一种哀歌。这有点像叔本华的想法，但如果从听觉上细细分辨，"上帝像一个怪物"，并不比尼采断定"上帝死了"更委婉。一个人想要有尊严地去面对这个世界，想要承担一种行动的后果，首先就必须要承认世界的哀歌性质。但从过程上看，哀歌其实并不消极，并未失去主动的播放。它甚至可以是对世界的悲剧性的一种纾解。所以，整首诗的结尾，格丽克提醒我们，无论如何绝望，也不要忘记看待这个世界依然存在另一个视角：

> 第一次，当我们从天空
> 看到它的时候，这世界
> 一定曾非常美丽。

　　一首题为"哀歌"的诗，最后竟以"非常美丽"来结尾，确实令人感到意外。意外之余，我们也能感觉到诗歌中的一种强力的反转。世界的真相的确和如何观看它有关。从身边的日常经验入手，我们可以获得对真实人生的一种切实的把握。但整个过程，往往又烙印着"不可承受的生存之轻"。所以，要获得一种开阔的视野，就必须要设法跳出去。只有回到天空，从那里向下眺看，才会发现这平凡的世界曾经多么美丽。天空中的视角，本来是属于神的。而我们借助上帝的视角，反观这个世界时，会发现这个世界有着神性的一面，不全是阴郁的，荒诞的。这个视角的变换，也从一个侧面凸显了格丽克诗歌的情感模式。就世界观而言，世界有绝望的一面，又包含希望的一面。而我们对人生的真实体验，在于我们应努力在这绝望和希望之间找到一种平衡。用格丽克自己的话说，"这种深刻性创造了绝望；但也点燃了希望"。而诗人的任务，就是通过诗歌，寻找到一种"智力替代"。

　　毋庸置疑，由于自觉地寻找这种"智力替代"，格丽克的诗歌情感模式看起来更像是一种切实的富有成效的精神治疗。根据诗人曝光的经历，格丽克早年写诗，确是像是从精神分析的角度来治愈她的一种神经官能症：对食物的厌弃。诗的情感书写和诗的治愈的关系，可以被视为格丽克诗歌的一种重要特征来看待，也是我们从更深的审美层面领略格丽克诗歌的一把非常关键的钥匙。曾经有过一种舆论，用于精神治愈而书写的诗歌，通常都不会太出色。或许由于目标设定得太明确，或许由于太急于达成一种心理效果，诗的治疗一开始可能会从素材的角度，唤醒一首诗的文学动机；但诗的治疗也会限制诗的意图的自由延展。比如，人们对美国自白派诗歌的一种抱怨：书写痛苦，虽然起到了情绪宣泄的作用，但最终也让诗的意图降格为一种痛苦的表演。在这方面，布罗茨基的训诫很是严厉，真正高傲的诗人根本就不屑于展示个人的苦痛。而在格丽克的诗歌中却存在着大量对个人的苦痛的抒写；我们读这些诗的时候，丝毫不觉得诗人是表演自己的心灵创伤。书写生命中的黑暗情绪，却不深陷其中，难以自拔，格丽克的确是找到了一种有效的表达方法。一方面，她惯常采用的抒情姿态是辛辣的，甚至显得冷峻。比如在《白玫瑰》的开篇，诗人就采用了尖锐的语调：

这是尘世吗？那么
我不属于这里

在《野鸢尾》中，也有这样的阴冷到严厉的措辞：

在我痛苦的尽头有一扇门，
……你称之为死亡。

从语言策略的角度看，这种凌厉的做派，会减少不必要的词语的缠绕，让诗的情绪始终处于一种高度警醒的亢奋之中。这看上去像有点语言的一种升温。从这个角度说，格丽克的诗歌始终包含一种音质迷人的雄辩。这一点，和艾米莉·狄金森的措辞风格也很像。两位女诗人都深谙人类的困境，而都自觉不自觉地发展出一种雄辩的节奏，来对抗来自外部世界的侵蚀。另一方面，格丽克的诗歌智性也很发达。正如她自己表白的："如果不能精确、清晰地说出观点，说话就没有意义。"这种语言意识，有助于诗人克制地使用语言，找到语言内部的平衡点，以达成对生活真相的一种深刻的洞察。从诗歌场景看，诗人偏爱的对话模式恰好可以有效地优雅地传达诗人的智性思索。《信使》这首诗就表达得很典型：

你只有等待，他们会找到你。
雁低飞过沼泽地，

在黑色水面闪亮。

他们会找到你。

　　这首诗的对话情景几乎反复重现在格丽克的诗歌中。它把我们的生存感受通过内在的对话扭转到幻象的一面，这倒是很符合美国哲学家苏珊·朗格的一个定义：诗是幻象。格丽克的诗，之所以迷人，或许也在于她喜欢用生命的幻象来打磨存在的真相。在《信使》中，"你"几乎可以是任何人。甚至可以是一首诗。只要能充分自觉到自己的存在，你总会被找到，被发现。

　　所以，格丽克也代表着一种低调而又顽强的希望诗学。

（选自《上海书评》2020 年 11 月 5 日）

格丽克不关心"美"，只在乎"真理"

/ 方商羊

再过一个月，我将拎上为数不多的行李，搬到加利福尼亚州帕罗奥图市，在诗人露易丝·格丽克的指导下继续写作。

第一次读到她的作品时，我还在念大二。一本薄瘦的《野鸢尾》诗集夹在《钢结构手册》和《理论与应用力学》之间，仿佛两块青砖之间的缝隙。

初读格丽克的诗，我并不觉得印象深刻。她的语言并非传统意义上的优美，也少有值得被铭记的意象，用词节省甚至吝啬，物理描述常让位于思绪和声音，因此每首诗都仿佛是从戏剧里被裁减出来的角色独白，而这独白张力的中心就是一个瞬息万变，但又恒常不变的抒情主体——"我"。格丽克的"我"也并非一个讨喜的角色，"我"不谄媚，"我"的语调决绝而寒冷。正是用这种冰冷、非人的语调，格丽克凿刻出了一个当时的我无法抵达的世界。我被排斥在外。

这种文字中渗出的寒冷，很容易让人联想到另一位惯用冬季意象的瑞典诗人特朗斯特罗姆。与特朗斯特罗姆相反，格丽克最钟情于写夏季，尽管她诗中的夏季给人以冬天的凛冽。在我看来他们的写作是具有悖论和共生性质的，前者钻研意象的明晰，后者苦练意识的清醒；前者渴望消失于现实中，并通过此过程让现实得以变形和转化，而对于后者，感官世界的存在——或喜悦或折磨——服务于自我嗓音的深化和表达。特朗斯特罗姆的"我"并非一个抒情主体，而是一种近乎透明的介质，仿佛一枚镜片，透过它我们获得了观察现实的全新视角，而"我"的存在也在这种尖锐的注意力中消融于被观察的事物之中。

格丽克的"我"对物理世界不太感兴趣，在诗中她借丈夫的口吻自叙道：

> 如果你爱这世界
>
> 你的诗里该有些意象。

在格丽克笔下，"我"成为现实存在的主体，然而这主体没有依附的对象，"我"对世界不信任。"我"的存在是为了无尽的言说和表达，但"我"没有倾听者，"我"渴望被理解，但注定不能够。"我"在黑暗的边缘对着黑暗的深处吟唱，孤独而骄傲，因为吟唱本身让"我"的存在具有了意义。这也许是她诗歌最核心的悲剧和伟大之处。

格丽克作品中的独特音调来源于对语言的严苛克制。我以前给学生上课时也常常引用格丽克的诗，还曾经放言道："在她出版的13本诗集中，你找不到一个多余的形容词。"

形容词的滥用是年轻写作者最常犯的毛病。我告诉学生，形容词不应该是名词的附属品，不应该是名词身旁漂亮的依附，像一条无关紧要的围巾。使用得当的形容词能把名词转化，使其本身在语境里发生质变，让名词变得立体，甚至能投下阴影。然而，我发现这条反复教给学生的"真理"，在格丽克这里却并不适用，甚至相反。

在格丽克的作品里，形容词的缺失不仅抹除了她诗中物件的具体性，让其更有普遍性质，还使得这些物件——通常是原型式（archetypal）的名词——更加脱离现实，成为单纯的音节和抽象的符号。而当她使用形容词时，名词仿佛受到压迫和捶打，变得干瘪，没有实体，看上去反而要依附于其修辞工具才能勉强存活。对于格丽克来说，物质世界和客体不过是她通向感受和思辨的道具。比如她那首《感官世界》，描述了一场家庭聚会，侧重写了梅子汁和杏汁在多次稀释下，在午后阳光中缓缓变色，寥寥几笔的描绘后，诗行转向了一个更内在、更抽象的世界，用一种庄严但又近乎绝望的声调，诉说衰老、死亡、欲望等宏大的主题。

一位在日本法政大学执教的朋友，田中裕希教授曾让我推荐一些格丽克的作品作为教学素材。我选择了一些诗作发给他，读过之后他说：我决定不教格丽克的诗，她的诗作中陈述句／论断（rhetorical statements）太多，对年轻作家影响不好。大笑之余，我同意他的看法。

格丽克的论断来源于她的天赋，她深远的视界（vision）。当代有太多执着于模仿她的年轻诗人都以失败告终。风格可以模仿，但是灵魂的目力不能。在格丽克中后期的作品中，她的音色中有一种威严的绝望，绝望（desperate）而非沮丧（depressed），前者是在周遭黑暗的重负下获得智识上的启示，而后者则是仍存留于肉体或物质深处的负荷。这种绝望的后果是对现实世界的分离（detachment），从某个方面来说，即精神的短暂自由。格丽克是很难翻译的。中文翻译常常选择"美化"原作者的语言，在这种人工"美化整形"中，原作者的风格和音色慢慢被吃掉。比如，格丽克的诗作常用极简的、短音节的盎格鲁撒克逊语汇（anglo-saxon）开篇，然后慢慢跳跃和上升到极具智识性、抽象的长音节拉丁语汇（latinate）。她并不从中寻找平衡，而是建立二者的对峙。同时，在长短音节的靡刃间，诗行得到压缩、淬炼和拉伸，语言的抒情性／音乐性也得到延展。这是在译本中读不到的美。同样，她在句法上游走于并列结构（parataxis）和从属结构（hypotaxis）的鲜明对比之间，增强节奏和表述的戏剧性，加上出其不意的分行，在阅读时常常让人感到在词语之间和诗行的缝隙里埋藏着沟谷和悬崖。

扁平冷硬的语言风格加深了格丽克嗓音中的锐度和张力，在当代文学里独树一帜。她并不关心"美"，她只在乎"真理"。这在她早期散文《反对真诚》（Against Sincerit）中也有所谈及，其中她详细讨论了真实（Actuality），真理（Truth）和真诚（Sincerity/Honesty）之间的区别，她说："一个艺术家的责任是把真实转化为真理。"后来我理解到，格丽克的风格和语调是"非此不可的"。"美"于她无非是分散注意力的消遣，而个人"真理"只能由这荒凉、赤裸的音色来言说。

253 ·

我从读《七个时期》开始真正地爱上了露易丝·格丽克的作品。更准确地说，是因为那首《感官世界》，诗的开头她写道：

> 隔着一条野兽般的河流，我向你呼喊
> 告诫你，让你有所准备。

自此以后我疯狂地收集她的诗集，后来结识了一些格丽克的学生和好友，热衷于收集关于她的生活和八卦，知道她不会开车，但很会做菜，不会使用电脑，还随身携带一个小助理。她冷漠又真诚，对学生苛刻严厉，但其实很在乎学生。她孤独，坚强，优雅。有一位格丽克的老朋友在临行前对我说："我给她打了招呼，说你要去。她很期待见到你。冬天你见到她，不要怕她。她看起来非常无情，但其实很温柔。"

记得在佛蒙特艺术中心作驻留的时候，我拿着格丽克的诗集走进小说家Rachel Heng 的工作室，墙上贴满了她正在完成的手稿。在一张褪了皮的深红沙发上，我给她朗诵了《感官世界》。她听罢泪流满面，双手颤抖。窗外树还在摇，河流静静淌过。没有人在对岸向我们呼喊。晚间 Rachel 发信息给我，引用了格丽克的诗句，"感官不会拯救我们"。

（选自《文艺报》2020 年 10 月 16 日）

季度观察

到暮境里去，成为"另一个"

——2020 年秋季诗歌观察

/ 钱文亮 胡威

万物行远，缪斯重临。在这个秋天，国内的诗歌似乎多了一种"遗嘱与祈祷"（汗漫语）的色调，在世界性的危机与纷争中寄托于语言的救赎。

一

个体生命意识的凸显仍是本季度作品中分量最重的一部分。而在个体与世界的连接中，语言这一"印痕"的重要作用也因之得以确立。

本季度，关注死亡甚至直接谈论死亡的诗并不为少，但细致刻画进入死亡过程（衰老）的却不常见。王学芯的组诗《路过老人院》（包括《一串旧钥匙》《衰老问题》《最后的壁绘》等）为我们展示的正是一个人面对衰老时慢的敞开与遮掩。如"看见的墙　浮起纸一样的白／在变化中如同一张租金单子／包含使用的房间　床和漫游的思维"，"星宿的一粒冰雪／正在为衰落的喉咙　嘴里的心脏／融入松之又松的牙槽"，我们可以看到衰老的经验在这里触发的既有现实的观感，又带刺人的灼烧。"经历过骨头和疏松的皮肉"，一个人老去的孤独感被慢慢放大。

柏桦的组诗《在尘世》写得极为沉痛，无论是对往昔的记忆（《永恒——纪念我的舅舅杨嘉格和一个电工》），还是书写当下现实（《下午，养老院》《烟与重》），抑或是对如雾的尘世做出的惋惜留恋的辨认（《在尘世》《兰波绣像》《惋惜》），这一切都似乎绵延着一个纠缠内心的斯芬克斯式的终极问题，如诗中所言，"你从哪里来，要到哪里去？／我从雾里来，要到雾里去。"脱去身上的暑气，从一个痴迷于抒情的著名诗人，转变为从变暗的镜子中持续辨认自我的普通人，柏桦开始了一种怀揣赤子之心的回归。吕德安的近作《从傍晚到傍晚》则呈现出生命行至暮年的和缓平静心态，语调轻柔，用词朴质，略带一丝内疚和忏悔。从《留步》《在病中》《出院》《散步》《枯萎的花朵》等诗作中时时可以窥见诗人在生命流逝过程中的那份沉静的不舍。

敕勒川的组诗《秋日的大海》写出了令人灼痛的生命体验，又努力寻求一份灵魂的慰藉。灼痛来自"面对生活／谁敢说自己是一个胜利者"，来自"一浪一浪涌过来的永无尽头的秋风"，而此生的慰藉则是某种无法验明的确信，即"我从未完成，我一直在诞生"。徐小爱克斯的组诗《人到中年》展现了人生在世的淡然，在复杂生存（思前不容易，退后更难）之中也获得了某种"不再贪生，也不妄想求生何处／去哪里都一样"的超脱。

有时候这种个体的生命意识也来自对他者（如亲人等）生命的观照，通过某种直接映射完成自身生命意识的衔接和反馈。黄梵的诗用精细的感觉重写日常生活，《最后时刻》和《十指相扣》中所流露的父子之情和夫妻之爱更是让人揪心不已："最后时刻，是他喉咙深处的痰／想吐又吐不出／我抓住他的手，就像抓住即将离岸的大船／哨子一样的呼吸，是已经拉响的汽笛"。出色的想象力被充沛的情感所驾驭，在单一微小的场景内掀起鼓动人心的巨浪。离岸的大船拉响告别的汽笛，病床上的父亲停泊在弥留之际。精准的比喻与细节的把控直刺人心。人生遗憾已然锚定，不舍留恋终将启航。

韩东的诗《写给亡母》《我们不能不爱母亲》《悼念》从母亲的死写到每个人的死，蜿蜒出一条既明确又不知所终的生命之路，其中既有具体的刻骨铭心的丧亲之痛，又有抽象的普泛化的生存思考。阿登的《囚徒》用一种独特的视角展示了父亲对女儿的深情，将女儿喻为狱卒，用爱的绳索将为父者囚禁。大解组诗《春天的麦地》讲述了与女儿在田间游玩，挖野菜，数小花。清风徐来，天高野望，叙述和缓自然，一派温情脉脉。洪光越的诗能将个体的经验拉近，再推远，既能够感受到现世的呼吸，又可进入遥远的冥想，有温热，有悲悯。《暴雨》《感受墙的历史》《雨中过客》皆如此。"有一次　我下乡采访／在那受村碰上送葬队伍／那时我们都是雨中赶路的人／唯一的区别是　我在人世／他在离开人世的路上"，由己推人，构建关联，在雨中形成的巨大的隐喻场将前行的过客无不囊括其间，其中的区别唯有生与死的目送。

二

存在之思可谓生命意识的进一步深入和拓展，也往往是现代诗内在品质的确证。通过对日常生活的反思、领悟，诗歌可能将人带向澄明之境。

桑子组诗《断片集》就充满了形而上的存在之思。序列、解救、虚空、消亡、抵达、飞翔，这些着力颇深的语汇点缀在诗的饱满的躯干，绾结成一枚枚沉甸甸的存在之果：

我们填充着世界／如世界永恒的虚空／为取悦自己，天空向你绽放

亲爱的世界已模糊，镜中也无物／一捧白雪，抵达时间的总和／和世界的清晨

递给明亮的眼睛一面模糊的镜子／飞翔或堕落皆是向永恒致敬

时间并不存在／河流并不总在大地／每天它自由地往返天地间，在天空燃烧／百感交集

这些饱含哲思的句子思考时间的空阔，永恒的虚无，世界的真实，甚至产生了某些幻觉（河流自由往返天地间），彰显了诗人探究本在的沉勇。

闫文盛的组诗《牧羊人和金足兽》让人眼前一亮。他的诗不拘体式，挥洒自由，长短皆宜。通灵的静谧与发现的欣喜在《牧羊人和金足兽》《我看见你了》和《旅途是写不尽的》中表现得尤为充分，如"但你可否听懂它们的啸声？／在人间巨子，烟火如霜雾，而连绵的峰峦静坐如飓风。""在夜色的枝叶中，我看见你了。／我看见你，并不是忘却的看见，而是夜色铭刻，／而是看见的生殖！"巫祷一般的语言中，人间风景弥漫着神秘的氤氲。

童七的诗《梦境，清晨与疼》将梦境与清醒放进疼中体认，《父亲的一个小提问》更是在提问和无言之间，展露了一份面对宇宙空茫与无意义的不知所措的诚实：光芒为何"安然到达地球，照耀人类／年复一年的播种"？无人知晓。

日常生活是许梦熊诗歌壁画上的构成要素。对生活如梦如幻的拼贴组合，让文本中的生活既熟悉又陌生。进食虚无的晚餐，像牙齿一样松动的孤独，如同靠着枪死去的士兵一样的枯树，忍耐、安慰、理解、领悟，生活的破碎使得"我们将在灰烬中握手／一朵火花和一朵火花相依相偎"。获得幸福的耳朵让诗人仿佛听到"永恒的旋律向上，向上／就像越来越低的一声叹息"。

白地组诗《阳光的罅隙》的主题是时间。这时间或"穿过阳光的罅隙看到我"，或"停顿下来，向我缓缓解释青春"，或"给我痕迹的证明，让我在虚妄中／寻找雪粒的数量、粗细，以及行进的速度"，抑或"从床榻靠近，看着我一点点老去"。诗人从时光的流逝中体味着生命的丰富和复杂，并企盼从中打捞起属于自己的那一份"宁静的物候"。

王峰的《天空之杯》《天空之舞》《思量》《空茫的途程》等诗，诗境浩大空阔，人与物的对撞具有震撼力。诗中的天空、落日、峰峦、逝川对人的存在造成了强有力的压迫。且看：

思量

天空到底是什么？飘浮着
如此散漫的诗句：

是诸神遗弃的古村落，也是
无为的旷原常年覆雪。

它没有山那样沉重的睡眠；
也不会像海无休止地轰响。

喑哑，隐蔽；缄默，凝望
它是宇宙最迟缓的踱步思量。

这首诗很容易让人想到谷川俊太郎的名作《天空》中的句子，"天空能宽广到何地？""天空为什么对一切保持沉默？"当然谷诗的诗思循迹于日常生活场景的导引，展现较为克制，更容易催人思考，但却缺少《思量》这般的自上而下的群山雪崩般的冲击力。

江介的《海洋十四行》读来有种精神紧张感，这种紧张源自个体与社会的无法调和的疏离感和异己感，一种"在而不属于"的寻找与漂泊。成功与失败，欲语与失语，清醒与沉醉，衰败与健康，晦涩与明亮，遗忘与记忆，破碎与完整，这悖论式的辩难揉搓在一起，使得整组诗具有了沉思的气质。叔本华、尼采、维特根斯坦、克尔凯郭尔等哲人名字的出现也为诗作注入了强有力的精神背景。陈人杰的《草》《冬至》《冬宰》《磕长头》等来自日常却充满神性，高原、雪山、献祭、朝圣无不是在完成人与万物生灵的对话，"相对于粗枝大叶的人间 / 我喜欢无助的摇晃 / 爬上过荒芜的极地古老的星空，知道 / 伟大的软肋在哪里 / 我的一生很短，但痛苦更动人"，诗人在这种对话中获得了一种融入永恒的喜悦。白瀚水的组诗《映在一杯水里的虚空》则体现了一位严肃的诗人面对生命的轮回、自我的辨认、个体的孤独、尘世的永恒、存在的理由等问题的深沉思索。这种存在主义写作在当今后现代的价值混乱的语境内显得弥足珍贵。

摅怀旧之蓄念，发思古之幽情。古人之思也在今人之诗中有所体现。林莉的《迎春之诗》《自然笔记》《星星》《落日与湖》虽然借现代汉语写古典意蕴，但其所思更多地通过日常经验的摹写徐徐道来。"我们和万物一同遵从消长的秩序 / 疲惫但又心有不甘 / 一次次，我们承接自然之道和恩典 / 痛觉消失了，痛在继续"。我们可以看到她的诗中既有"江畔何人初见月？江月何年初照人？"的自然感伤，又有"自其不变者而观之，则物与我皆无尽也"的自在领受。万物的秩序亘古长存，人的存在不过白驹过隙，这种古今同一感横贯天地，绵延至今。川美组诗《在神的游戏里》将细腻的感受和深切的思考融为一炉，自在的生活和自由的灵魂相伴相随。《风吹我》《我有野心，自称灵魂》《距离》《边界》《死亡教育》等诗展现了诗人独到的人生思考，"风吹我之前，吹过什么？""风吹我之后，还吹什么？"这种独对天地的苍茫之问仿佛陈氏子昂重登幽州古台的涌泪浩叹。答案无人知晓，唯有追问亘古常新。

除此之外，谢君的《光亮传》中，光亮变成了一种汇聚独立、希望、抚慰的巨大生命体，成为对抗孤独的响亮之声。苏娜在《旅途》中倾注了关于人生之路的价值意义的追问，"如果没有阴影 / 阳光也会寂寞"（《落满一地的阳光》），在一种内在的关联中"实现旅行的意义"。蓝格子的《山海经》不再博物与志怪，而是将山与海通向了个体情感与存在之思的合并空间。沉重的山与被大雾罩住的海，负重与辽阔，"在我们面前，颤抖着小声哭泣／造成长久的空白。"张烨的《叶落武夷路》则表现了一片落叶带来的思考，无论是悬挂在哪里，抑或是做成各种艺术品，彰显了人生命运的多种可能性。张雁超的《看见》由实入虚，渐入冥想，将所见与所感相结合。椅子即为一个位置，无论是在肉身里，还是在地球上。自身观看亦被那人所见，这"那人"也确存，也无有，既是人间世，也在混沌中。"看见"在这是一种动作，也是一种观照一切的方式。张翔武的《补网》《梦里的房子》《初冬》《墓园》沉浸着冷峻的生存思考，"任何人都要走上很远的路，／才能抵达郊外的墓园。／荒野是唯一能回的故乡，／为此，我们不得不放下一切。"幽暗的墓园已经超越了现实，指向荒原的远方。于贵锋的诗《肥厚》《会与不会》《挖坑》《低语》等诗在有与无、会与不会、有用与无用之间挖掘知性的诗意。

三

深刻致远的存在哲思并非当代诗书写日常经验的全部与必须。禅宗熏陶下的东方智慧恰恰无视穿在当下直观与经验的世界、生活世界之上的观念之衣，注重回到简单的事实本身，在自我体验中明心见性。

庞培近期诗作对现实生存经验的书写摒弃表面化地罗列和铺展，而在思绪的绵延中穿插、拼贴、闪回、滑动，将童年的记忆紧紧地勒入词语的血脉中，突破了"贫乏和狭窄"的密封圈，呈现出独具内省气质的见证品格（见《清晨的江面》《死在田野上》《新凉州词》《网兜》《浮桥》等）。《网兜》一诗既写出网兜的物性构造所具有的承载功用，又指明其常人所不在意的遗漏现象，如诗中所反复提及的消失与遗落，似乎可以装满，但又无法持久，如同诗人忧伤的灵魂，"精致，称心"而又无用。

李点的诗充满了对当下生活的关注与慈悲，她笔下微小的事物（《蚂蚁搬家》《奋力晶莹》《在春天提笔》），寻常的景色（《一树梨花》《雨在下》《我眼中的春天》）都能够开出朴素的诗意之花。书写中年感受和情思的《中年之诗》《谎言》《在此之间》《醒悟》《我正躺在一件乐器里》《不能胜任腐朽》等也颇为出色，能将复杂尘世的苦难感进行转化。刘春的诗平中见真，诗意的生长总是来自对经验不断的摩挲，各种情感的聚敛包蕴在干净的湿润中。《一片黄叶飞进车窗》描述一片黄叶与父亲在车中相会，在"我"的眼中相会，在一首诗中相会。"我看不见他，我的眼睛／塞满了落叶的皱纹。"父与子之间的独特情愫通过一片黄叶传递得微妙而动人。

李瑾的诗充满局部破碎的生活实感，看电影、赶地铁、听音乐，在途中、在湖边。一方面是破碎、难以治愈、无辜的大地、走投无路的乐章，另一方面是颂歌、保持完整、无数的晨曦、经久不息的颂扬。诗的智思在这些熟悉的场景中叠进，并通过准确的语言进行陌生化的表述。张作梗的《雨》和《旅行》在朴素平易之中挖掘诗美，无论是循雨而远去，还是身止而思遥，均展现了诗人捕捉日常生活并加以诗化的能力。舒丹丹的诗是既有空灵的神性又有生活的质感，有《岁暮望远》中远眺之处的静谧不可言说，有《生活碎片》里来自碎片世界的习以为常的割损，更有《和兰花一道》扎根语言渊薮的抚慰、倾吐与承接。张慧谋的《排队》铺排大量生活之中的"排队"，回忆过往，抚照当下，在时光之轴上努力构建个人的光阴序列，在失去与找回之间完成个体生命的重塑。

四

乡村风物和都市体验均来源于对日常经验的书写，却有不同的审美模态。乡村的前现代性与都市的后现代性显然构成了诗人所要克服的情感依恋和认知落差。

熊曼组诗《求诸野》呈现出一份少有的简单和干净。无论是《奢侈》中坐在田野的一片野花中间，《求诸野》中不分贫富最终渴望返回乡下生活的乌托邦，还是《反常识》中脱离泥土之地的全人类的忧伤，《干净的》中沐浴后像一片无人涉足的雪地的自己，无不展现了情寄山野的热望和回归初心的渴求。诗人的语言洗练、恬静，带有一份尚未脱去乡土的淳朴气息。

伊甸的组诗《战栗和祈祷》将视点移到乡村，但却不是风光旖旎的田园诗，诗人要所做的是唤醒，沟通人与自然，并在人化的自然里感受生命的脉动。"在……"的标题（《在一个大湖边》《在乡村的夜雨中》《在甜瓜之乡》《在对一只黑蜻蜓的凝视中》《在庄稼地里》等）突出了某种在场感，诗人限制了思考的场域和对象，既有所保留，又营造了张力。

漫尘组诗《等待大海给出下一个平衡》将更多的目光投注在田园生活之中，

将古典意味和现代生活相连，无论是自然主义美学的《小满菜园》，还是伫立田野咏叹的《小轩窗赏鹭》，以及充盈娴静诗意的《一田一舍》，在后现代的语境之下，现代人的内心渴望重获"平衡"。

葛筱强组诗《月光颂》着重描写了乡村的记忆和童年的经验。诗人善于在微物之光中挖掘诗意，至亲的温情（《落日》《黄昏》《弯木犁》），乡村的风物（《河流》《水井》《月光》《鹊巢》）以及动植物（《落花》《返青》《山雀》）都能够编绘出令人可亲的画面，短而精巧，含蕴丰富。

从以上列举中，我们不难看到当代田园诗一方面成为保留童年回忆的载体，另一方面也是个体生命焕然新生的发生器。与之相反，城市中的现代性经验更容易获得共鸣，诗人终日穿梭于车水马龙中，需要在嘈杂和烦琐中寻找自我的辨认与平衡，因此容易产生普遍的对抗和撕裂。

沈方善于在生活的点滴中觅得个体认识世界的缝隙，我与猫的视角对换流露出恻隐与悲悯（《我是猫》），在雨中体味消失的世界从而进入空无之境（《夜雨的佩索阿》），在一块遗落在抽屉的瑞士手表上观看时间停止的意义（《瑞士手表》）。在此番怆痛之中，诗人将个人独特的经验注入，并翻生出某种忧心，希望可以"吹醒面具后面的人"。诗人在此并不仅仅是要求一种作为能力的"感觉"，更是展现了一种加入队列的自觉，时间之子在此才真正成为了布罗茨基所谓的"文明之子"。

汗漫的诗一部分在古典意趣和现代嘈杂中寻找隐秘的结合点，并时时闪烁出文人气质的反讽（《给苏东坡的一封信》《上海街景》等），一部分则展现了从生活的嘈杂中抽身面对朋友或自身的追问和辩难，充溢着小心翼翼的感伤之气（《在静安公园与诗人沈苇喝茶》《假期快乐》《绵阳夜宵记》等）。李唐的《最纯洁的雨》展现了都市人朦胧游离的生存状态，语言轻柔，思绪交杂，整体氛围颇为寂寞，有稍纵即逝的感伤，也有努力辨析的执意。陆建的《车行路上》《周末生活》《我和我》等诗颇富后现代的反讽、自嘲、戏谑，在意识流动背后不失为观看现代生活的另一种眼光。

杜立明的组诗《女理发师》书写了一种从身体而来到身体而去的对抗性，但此种对抗更多地体现在对于身体意义的挖掘和剥离。不同于以往的"身体性"写作对于意义的放逐和反叛，杜立明显然更愿意将身体当作追求形而上内涵的基石，也即"在破落的肉体里打坐"。对身体各部分的关照与描写（尤其诗头部），加上借用禅宗语汇的阐发,"理发即是面壁"也就自然而然地成了诗人获得进入凡胎肉体的不二法门。夭夭的诗取法现实,但更多地来自内心的现实,意象丰富,语流迅疾,常给人一种内在的紧张感,《欲言又止》《片刻之后》《相框里的人》《途经一片荒地》《宽恕》《暗疾》皆是如此。似乎诗人并不是想要告诉我们写了什么,而是在体会那种语言喷薄而出所携带的情绪气流。

除了如上特征的梳理,还有一些个体性的创造值得我们关注。

雷平阳的一组近作《弹奏》《制烛》《鸿雁》《众我》《什么》《临圣教序》《一念》等诗作读之令人心惊与沉思。现实感、宗教感、形而上的思辨与荒诞、反讽、隐喻、象征交叠使用,在平静的叙述中保持着一以贯之的精确与克制。且看他如何"制烛":

制烛

在烛盏内的蜂蜡里插入麻绳灯芯
点燃之后,微黄的光亮中
他们继续制作蜂蜡和细麻绳
割蜂巢,火熬,剔麻线——每一道工序
博伽梵说过,在蜡烛形成之前都需要
苦心的研修,且没有哪一道工序
可以单独完成功果。在此期间
还得有一个人,按时往烛盏添加
或新或旧的蜂蜡,不时用竹针挑直灯芯
如果黑夜延伸了长度,夜风一再
吹灭烛火,研修遇到了不可视为业障的
魔障,他们就会转移到存藏蜡烛的地下室
一家人围着豆粒大的火苗,低头
干一些用塑料封蜡、装箱之类的活计
悲观,但又保持了光明的沉默

全诗通篇叙述简练又不空乏,内容具体又颇多隐喻,在制烛的过程中又夹杂了如博伽梵、研修、功果、业障、魔障等佛家用语，既丰富了诗体内容，又扩大了诗意内涵，使得制烛不仅仅是一种技艺工序或体力劳动，更是一种有关人生和人性的象征。无论是一个人还是一家人，在面对那延伸了长度的黑夜（业障或魔障）时，缄默地转移并承受，尽力做尚能操作的活计（封蜡或装箱），这并不是简单顺应"时势"，更是一种贫苦人民多年累积出的潜在智慧。诗人在此并非为了赞美智慧，而是用了一个"沉默"来制衡那汹涌袭来的悲观，这不仅是自我的合法救赎，更是光明的无声抵抗。

臧棣继续进行"简史"系列写作（《银杏的左边简史》《山楂花简史》《迷迭香简史》《琥珀简史》《萌芽简史》），为万物命名和立身似乎是臧棣的一种偏执。山楂花、迷迭香、琥珀、萌芽等具体事物在其诗中慢慢失去了自身本来的面貌，或者说臧棣的命名实则是在做一种改写。诗人一再突入这些事物的核心，在物象和智性之间来回跳跃。《迷迭香简史》中迷迭香氤氲的香味与奥菲利亚疯癫的命运缠绕在一起。显然在这里，迷迭香的存在已经超过了其自然的物态，获得了隐喻的肌底。赋予笔下的事物以新的意义，突破世俗的认知阈限，再造一个所能的王国，可能才是臧棣"系列诗"（入门、协会、丛书、简史）写作的真正目的。

杜绿绿的诗歌一向以自我的多重变形、视角变幻、寓言式荒诞戏剧性、风格混合和语词能指的快速滑动而创造的"超现实"真实令人瞩目，但其本季度的新作组诗《城邦之谜》却表现出"关于新手艺的想象"。在发挥其以往诗作中偏于自我内在的身体意识、幻觉和私人语言的诗性想象的同时，增加了诗与现实、诗与生活的及物性关系。在比较年轻的诗人中，杜绿绿的创造力是出类拔萃的。

五

从小从微，个体的生命创造活力四射，从大从群，诗人的集中展示也是百花齐放。《诗刊》的"新时代"和"诗旅一带一路"，《星星》的"放歌新时代"，《诗歌月刊》的"诗版图"，《诗潮》的"社团与地域"，《诗林》的"中国诗歌流派展"等在呼应大时代、发掘新现象、关注微生活、推进经典化等方面具有极为重要的作用。在当前消费主义盛行，各种价值观混杂的精神气候下，无论是社团流派，还是地域空间，这种惺惺相惜与抱团取暖不仅有利于繁荣当代诗歌创作，更为当代汉诗的发展寻觅新的路径。在中国新诗史上，新月派、九叶派、朦胧诗、"第三代"等皆是如此。

在这种群体性展示之外，还有一大部分新鲜力量值得关注。他们是正在"野蛮生长"的青年一代，"90 后"进入而立，"00 后"已然登台。各大刊物的"新星空""新势力""新星座""星青年""诗呼吸""校园"等栏目也在纷纷给予帮助和扶持，不难看出诗坛对于"新青年"的期待和呼唤。不可否认，青年一代的写作为诗坛带来新的气息与活力，但在快餐文化和市场机制培育下的一代也容易过早落入了实用主义与功利主义的枷锁。

饶有趣味的是《星星》第 9 期出版"全国大学生诗选专号"，而《诗刊》9 月上半月刊则刊出了"第十一届青春回眸"专辑。前者展示了第十三届大学生诗歌夏令营作品和全国大学生诗歌作品选以及大学生社团作品选，点面结合，声势浩大。后者则选取了十五位往届青春诗会的会员的一首代表作和若干新作以及一篇创作随笔，内容详尽，重点推介。一个是"00 后"潇洒登场，朝气蓬勃。一个是"60 后"担当主力，状态正佳。当正青春遇到了回眸青春，这不能不说是一份在收获的季节中青春情怀的诗意传递。

个人诗集出版方面当季最大的收获莫过于雷平阳的《修灯》（长江文艺出版社，2020 年 8 月）。新世纪以来，雷平阳的创作日趋厚重，立足于现实，传递历史感，具有深刻的当代性。"世界会怎么回答，取决于我 / 问了什么。"来自旷野，扎根土地，在平静的叙述中寻找缓和内心碎裂的方式，但越是平静克制越是洞见悲悯。我们有理由相信雷平阳仍会不断给我们带来惊喜。除此之外，秦立彦的《各自的世界》、赵鲲的《未定之秋》、拾柴的《刺猬之歌》也在本季度出版。秦立彦的诗超越自我连接外物的细腻感触，赵鲲的诗在现实与历史交叠中的撕裂感，拾柴的诗展现了与众不同的存在之思，虽风格不一，却都为上乘之作。

本季度，在一篇精彩的诗论随笔《用现实来医治现实》中，多年旅居上海的"60后"诗人汗漫借用歌德的名言"到罗马去，成为另一个"，表达了一批渐趋暮年的诗人在岁月与疫情双重压力下渴望"衰年变法"、成就新的诗歌理想的普遍心境。无独有偶，"50 后"诗人欧阳江河在与青年评论家张光昕的对谈中也不约而同地强调了关注新的"现场"、孕育"新我"诞生、走向自己的"25 岁"。考虑到近些年活跃在国内新诗探索实践第一线的最具实力的诗人绝大多数已经年过半百，汗漫与欧阳江河的发言就具有相当大的代表性，需要研究者的重视与追踪。当然，这一课题已经超出了本文的论述范围。

※ 本文资料来源主要为 2020 年 7—9 月的国内诗歌刊物，包括《江南诗》《诗刊》《星星诗刊》《扬子江诗刊》《诗林》《诗潮》《诗歌月刊》，以及综合性文学刊物《人民文学》《十月》《花城》《作家》等。除了作者姓名、诗题，诗作发表刊物与期数不再一一注明。

图书在版编目（ＣＩＰ）数据

诗收获.2020 年.冬之卷/ 雷平阳，李少君主编
. -- 武汉 ：长江文艺出版社， 2021.5
ISBN 978-7-5702-2041-0

Ⅰ. ①诗… Ⅱ. ①雷…②李… Ⅲ. ①诗集－中国－
当代　Ⅳ. ①I227

中国版本图书馆 CIP 数据核字（2021）第 044439 号

策　　划：沉　河

责任编辑：谈　骁　　　　　　　　责任校对：毛　娟

装帧设计：马　滨　　　　　　　　责任印制：邱　莉　　王光兴

出版：长江出版传媒　长江文艺出版社

地址：武汉市雄楚大街 268 号　　　　邮编：430070

发行：长江文艺出版社

http://www.cjlap.com

印刷：武汉市籍缘印刷厂

开本：720 毫米×1020 毫米　　1/16　　印张：17　　插页：2 页

版次：2021 年 5 月第 1 版　　　　2021 年 5 月第 1 次印刷

行数：7209 行

定价：45.00 元